長澤靖浩

臨死体験と生きることの奇跡

十三分間、死んで戻ってきました

地《ち》湧《ゆう》社

十三分間、死んで戻ってきました

臨死体験と生きることとの奇跡

目次

本書で「障害《しょうがい》」を「障碍《しょうがい》」と表記している理由

古来、日本語ではなんらかの妨げがあることを「障碍」と表記し「しょうげ」と発音していました。反意語は何の碍《さまた》げもないことを意味する「無碍《むげ》」という仏教用語（呉音で発音されることが多い）です。

ところが近代日本語では、仏教用語として多用される言葉以外は、漢音で発音されるようになり、「障碍」は「しょうがい」と読むようになりました。さらに戦後、当用漢字（のちの常用漢字）が定められた際、「碍」の字は当用漢字表に含められませんでした。そのため「障碍」の「碍」は「害」の字で代用され、「障害」と表記されるようになりました。

本書で私はまず、臨死体験で経験した「生死を超えた無碍《むげ》なる世界」を描いています。次に、この世は物理的精神的な、ありとあらゆる「障碍《しょうがい》」＝「障碍《しょうげ》」があるからこそ、ワンダーランドであることを語っています。

そこで、「本来の日本語」と「本書の趣旨」の両面から、「障碍《しょうがい》」という表記を採用しました。

第一章

臨死体験は語りうるか

十三分間、死にました

二〇一三年のことでした。

当時の私は、公立中学校の先生として日々激務に追われていました。

二月の寒い日曜日。

私は小さなライブ会場で、好きな音楽を聴いて踊っていました。

その私を突然、心室細動《しんしつさいどう》と呼ばれる心臓発作が襲ったのです。

心臓が細かく震え、正常な心拍を打たなくなってしまう症状です。

のちに主治医に尋ねたところによると、心臓にも血管にも特に大きな疾患は見つからなかったそうです。日々の体の疲れと心労が限界に達していたのかもしれません。原因は不明でした。

私はライブ会場で突然、昏倒してしまいました。

会場にいたどなたかが、救急車を呼んでくださいました。

間もなく到着した救急隊員は、心肺が停止しているのを確認すると、ＡＥＤ（自動体外式除細動器）を用いました。

幸い、一回目の電気ショックで、心臓の微細動は鎮まりました。心臓が正常な心拍を打ちはじめたのです。

一一九番の電話がかかってから、心拍が戻るまでの時間から、救急隊員は私の心肺停止時間を推測しました。

それによると、私の心肺停止時間はおよそ十三分間だったと推定されたそうです。心肺停止とはいわゆる死を意味すると言っても過言ではありません。

ＡＥＤのない時代なら、医師が「ご臨終です」と両手を合わせ、時計を見て、死亡日時を確認する、そのタイミングです。

ただし、一定時間内に心臓が心拍を取り戻し、肺が呼吸によって酸素の供給を再開すれば、死の淵からの蘇生は可能です。

古い時代にも通夜の最中に、棺桶の中から起き上がった人がいたという逸話を耳にすることがあるほどです。

ましてや、現代では、ＡＥＤという素晴らしい医療機器があります。心肺停止状態からの蘇生率は上がってきています。

しかし、それでも、十三分間の心肺停止は、あまりにも長すぎました。酸素を供給されなくなった脳では、すぐに脳細胞の破壊が始まります。そしてそれが十三分間続いたならば、脳は回復不能なまでに破壊されてしまうのが普通だそうです。

この時点で、救急隊員は私が意識を回復しないままに死亡してしまうことを第一の可能性として予測しました。

仮に命をとりとめたとしても、意識は回復せず、延命措置による長い植物状態ののちに結局は帰らぬ人となることが予測されました。

もしもこのとき、妻子など、延命措置を望む、望まないの判断をする権限のある人が居合わせたなら、人工呼吸器にはつながないという選択肢がありました。

そう、私は心拍こそ打ちはじめたものの、肺は自発呼吸を始めておらず、機械につながない限り、そのまま再び心臓が停止し、死んでしまうところだったのです。

しかし、親族が延命措置を望まないか、私自身が延命措置を望まないという意思を元気なときに明言していない限り、救急隊員には、人工呼吸器につなぐ義務がありました。

私はそのマニュアルに基づいて、救急車の人工呼吸器につながれました。そして、そのまま近くの大きな病院に運ばれたのです。

循環器病棟が比較的充実していたその病院で、私はできる限り脳細胞の破壊を食い止めるため、脳を低温に保つ療法を施されました。

しかし、それまでの経過報告を聞いた医者も、私にはほとんど回復の見込みがないと考えていました。

心肺停止時間が長すぎたのです。

駆けつけた家族にも、医者は、私がこのまま意識を回復せずに死ぬだろうことを話さざるをえなかったのです。

なんとか命をとりとめたとしても、意識は回復せず、機械につながれたまま、長い昏睡状態を続けることが予想されました。

ただ、人工呼吸器につながれた私はこの時点ではまだ命ある存在でした。

そして、いったん人工呼吸器につないだ以上、生きている病人からそれを故意に取り外すことは、法的に許されていなかったのです。

たとえ、妻子でも、人工呼吸器につながない判断はできても、いったんつないだ人工呼吸器を取り外す判断は許されていないそうです。

選択の余地なく私はいつ果てるともない昏睡状態に入ったのです。

生きてるだけで丸もうけ

この世から見ると、私は長い昏睡状態にありました。

しかし、そのとき私は世界中の多くの人々によって「臨死体験」と呼ばれている状態にありました。

この本で私は、まずは筆舌に尽くしがたいその臨死体験を、できる限りこの世の言葉で表現しようと試みてみます。

私が長い間、その不可思議な体験について本格的に語ろうとしなかったのには、ひとつの重大なわけがあります。

その体験はあまりにも安らぎと至福に満ちていました。

一方、私の生きている現実の世界はますます混迷を深めています。ごく一部の超富裕層に支配されたとんでもない世界への道をひた走っています。

私は、臨死体験といった特異な体験を語ることで差別されることは恐れません。私が恐れたのは、あまりにも安らぎと至福に満ちたその世界を語ることが、人々に死への憧れを惹き起こすことなのです。

私はこの本で臨死体験について、この世の言葉を使ってできるだけわかりやすく語るつもりです。

しかし、それは読者の皆さんに死への憧れをかきたて、こんな苦しいこの世を去って、早く死んでしまいたいと思うようになってもらうためではありません。

そうではなく、逆に生きていることは奇跡であることを伝えるためなのです。明石家さんまさんの有名な言葉にもあるように「生きてるだけで丸もうけ」であることを伝えるためなのです。

この世での縁が尽きて、本当の永久的な死が訪れるその日まで、誰もが命のある限り、あるがままの自己を融通無碍《ゆうづうむげ》に踊りきってほしいからなのです。

死後の世界に安心することで、それを早めることを願っているのではありません。死という最も怖ろしい事柄への根源的な安心感をもったうえで、だからこそ今ここに生きていることの奇跡を十全に味わい、分かち合う。

それが私の今の姿勢であり、この本を書くに当たっての願いです。

その意味でこの本は、臨死体験そのものを語ることを主眼においた本ではありません。

臨死体験から逆照射される、生きていることの奇跡を語る本です。

「生きてるだけで丸もうけ」であることをしみじみと実感し合いたいのです。

私は臨死体験後、身体障碍者《しょうがい》となった人生を生きてくる中、以前よりますます、生きている今ここが奇跡であり、丸もうけであることをひしひしと実感するようになりました。

そして最近やっと、臨死体験を広く世の人々に語ることを通して、生きていることの奇跡、「生きてるだけで丸もうけ」であることを伝えることができる手応えを感じはじめました。

そんな今であるからこそ、あの体験を全部語ろう、そしてこの世に投げ返されてからの自分の生を語ろうと思ったのです。

そして生と死は別々のものではなく、死を語ることはそのまま生を語ることだと言いたいのです。

今ここを生きるためにこそ、生と死をひとつのものとして語りたいのです。

それでは、私と一緒に生死を超えていく扉を開いていきましょう。

何もかもわかったんや

死後の世界とはどのようなものなのでしょうか。

それをこの世の言葉で語ることは限りなく不可能に近い試みです。それと同じように（限りなく死に近い世界であると考えられる）臨死体験について語るのも不可能に近いのです。

なぜなら、その世界にはこの世の時間や空間の中で使うのに便利な「言葉」というものの性質がほとんど当てはまらないからです。

「あなたの臨死体験はどのようなものでしたか？」と聞かれて、人々が応える中身が多種多様なのは、体験した精神的な領域の違いのせいもあるのかもしれません。

しかし、それ以上に大きな問題は、それぞれの人はこの世に還ってきてから、振り返って想起したその世界を、自分の脳の描き出すパターンに沿ってしか語ることができないということなのだと私は考えています。

そこにはその人自身がこの世で持っている物の見方、考え方、気持ち、文化的背景、芸術的な表現力など様々な要素が関係してきます。

ですから、私は自分の語れるようにしかそれを語ることができません。

しかし、私はできる限りいろいろな角度から語ってみたいと思います。

私は、深い昏睡状態のまま、循環器病棟のどの医師からも、「このまま意識を回復せずに死ぬだろう」と思われていました。ＩＣＵ（集中治療室）での昏睡が一週間以上続いたあと、家族はひとつの決断に迫られていました。

それは口元から酸素を送り続けていた人工呼吸器を、喉を切開して気道に直接つなぐかどうかという判断です。

というのも、口元からの人工呼吸はなんらかのウイルスや細菌に感染する確率が高く、感染症からくる肺炎などで早期に命を落とす危険性がありました。

逆に、気管切開して呼吸器に直接つなぐことは、植物状態のままだとしても、さらに長い期間、命を永らえるであろう延命措置に踏み切ることを意味していました。

妻子や母、弟などが相談していましたが、結論は出ず、「近々決断してください」という医者の言葉は宙をさまようばかりでした。

ところがその決断のためのタイムリミットが迫ってきた十日目頃、私の体はときどき、びくっ、びくんと断続的な痙攣《けいれん》を見せるようになったのです。それを見ていた弟は異様な光景に驚いて、看護師に報告しに行きました。様子を見た看護師は長年の経験から、このように言ったそうです。

「意識が回復するときの徴候です。体に戻ってきているのですね」

「体に戻ってきている」という表現はとても意味深長です。

看護師は、のちに私が述べるような、意識が全宇宙に広がってまた身体に戻ってくるようないわゆる「臨死体験」を想定していたわけでも、体を離れた浮遊する魂のようなものが再び体の中に入っていくことを想定していたわけでもないでしょう。そのような「非科学的な」医学教育などは受けていないからです。

しかし、長年の経験から、体の痙攣を「戻ってきている」と直感的な言葉遣いで表現したようです。

実際、それからほどなくして、私は朦朧《もうろう》とした中にも意識を取り戻し、自発呼吸を回復しました。そして、目を見開いて何やらうわ言を言いはじめたというのです。

ちょうどそのような状態のときに見舞いに来た中学時代からの親友は、「長澤さんはまだＩＣＵにおられるのですが、意識が回復してきています。本人が会うと言えば、特別にお会いになりますか」と言われたそうです。

本来、ＩＣＵには家族しか立ち入ることはできないのですが、そのときの私にはこちら側の世界からの刺激や働きかけが、もっと意識がはっきりしてくるために極めて有効であるという事情もあったようです。

その親友がＩＣＵを訪れると、たくさんの管につながれてベッドに横たわったままの私は開口一番「おお。何しに来てん？」と言ったそうです。

「何しに来てんってお前、死ぬとこやってんぞ」

「それどころやないんや。すごいことがわかったぞ」

「何の話や」

「何もかもわかったぞ」

「何がや?」

「何もかもや。全部わかった。それでもう何の不足もなかったんやが。まだこの世にはすることがあるから戻ってきたんや」

「することて何や?」

「おお、まあ、世界平和かな」

「何言うてんねん」

彼はのちに、気がついたばかりの私が確かにそのようなことをうわ言のように言っていたと語ってくれました。正直、ちょっとおかしくなっていると思ったそうです。

しかし、意識が朦朧としたままだったせいもあり、私自身はまったく覚えていません。ただ、確かに私はそのように言ったそうです。そして、徐々に意識がはっきりしてくるにつれて、私は昏睡状態の間に体験したことを語りはじめました。

臨死体験を。

宇宙の構造

その臨死体験は、実際の死に等しい心肺停止の最初の十三分間に起こったものなのでしょうか。それとも、十日間の昏睡状態の間、ずっと続いていたものなのでしょうか。それはどちらともいえないし、どちらでもいいようにも思います。というのも、時空を超えた世界では、一瞬のうちにも永遠を経験するからです。

普段、眠っているときに見る夢というものも、一瞬のうちに長いストーリーを見ているともいわれています。

そのように、十三分間の心肺停止の間に時空を超えた永遠の今ここを経験していたように思うのです。

ひとたびその世界を知ると、これまでの時間の概念がすべて崩れ去ります。

少し話が変わりますが、心室細動を起こす一か月ほど前から毎夜、星空が異様に美しいと感じていました。

今にも切れそうなほど細い指輪の欠片のような月が煌《きら》めくのを見て、もうすぐ自分は死ぬのではないかとふと思ったことを覚えています。

その実景と臨死体験中の光景がぴたりと重なって、もうその夜空を見上げていたときに臨死体験は始まっていたのではないかと思うほどです。

生と死、時間と空間が入れ子になってメビウスの輪を成しています。


意識が回復した直後、私は「すべてがわかった」と口走っていました。そしてそれについて語らねばならないという使命感のようなものを持っていました。

その話をすると、私の著書をよく読んでくれていた友人のひとりが小さな録音機を見舞いに持ってきてくれました。

「わかったことを全部話してこれに録音してください」と彼は言うのでした。私はまだ指が思うように動かず、文字を書くことができなかったので、これはよいアイディアだと色めきたちました。

「これに宇宙の構造の真実を吹き込むことができる。人類の夜明けだ」と私は興奮していたらしいです。友人はそのようにそののちに私に話しました。私は全知全能の境地から、この世に帰還してきたという感覚に見舞われていて、エキセントリックな状態になっていたのかもしれません。

ところが残念なことに、私がその録音機に吹き込んでいる言葉は、後で聞くと、発音も意味も不明瞭でいったい何を言っているのか、何もわからないのでした。いわば宇宙語のようなものです。

また私は、指が動くようになると、黒のサインペンを握りしめ、白いコピー用紙にくねくねとした曲線で、図や文字を書きつけはじめました。古代の遺跡から出てきたような甕《かめ》に解読不可能な文字や、地球には存在しない生き物の絵が描かれているような具合でした。

それはうねりながらつながりあって、全体がひとつの紋様になっていました。あらゆる場所に渦のような、螺旋《らせん》のようなものが伸びたり絡まったりしています。

しかし、意識がはっきりしてきてからそれを見ると、絵も文字も何を表現しようとしているのか、まったくわからないのでした。

私は精神の病のような状態にすぎなかったのでしょうか。

しかし、あの回復直後の私を包んでいた、存在のありようのすべてが解き明かされたという感覚だけは、これを書いている今も不思議な実感として私を包んでいます。

日を経るに従って、朦朧《もうろう》とした脳が少しずつ理路整然としてきました。呂律《ろれつ》の回らなかった口もしっかりとした発語ができるようになってきました。脳神経回路を、この世の現実に整合するように再び形成しはじめたのでしょうか。

だが、人々に理解される発語が増えるにつれ、私の中からは無条件の全知全能感はむしろ薄れていったのでした。

それからやっと私は、どこか釣り合いのとれた一点を探しはじめました。あの世界をこの世において、そのままに表現することは不可能なのです。この世には独特のしきたりに沿った表現体系があります。それに沿ってイメージを言葉に換えていかない限り、人に伝わる表現は成立しないのでした。

そのように悟った頃には、私からは全知全能感はもはや喪《うしな》われていました。けれどもそのかわりに、私はあの世とこの世をなんとかしてつなぎ止める回路を見つけようとしていました。

それは大変もどかしいことでした。できることなら、あの世からこの世に吹き抜けてくる風を、吹くがままにまかせていたかったのです。

それがどのような風であるのか、言葉で説明することはどれほどナンセンスなことでしょうか。しかし、それをするしか、臨死体験をこの世で表現することはできないと覚悟せざるをえませんでした。
このようにして私は臨死体験を表すための詩や発句を書きはじめました。最初に書いた詩の末尾だけを少し引用してみます。

命を喪った私の
体じゅうの

無数の細胞の蛹《さなぎ》から
蝶が羽化して
飛びたつ

蝶たちは
地球と火星の間に

虹のアーチを架けて
渡っていく

無限の闇を
螺旋《らせん》状に舞いながら
踊る蝶
銀河の桜吹雪

地上での使命を終えた
蝶たちは
空間と時間の尽きる
宇宙の果てで
光に還る

この詩にも表れているように、私の想起した臨死体験は、自分自身が無数の虹色に光る蝶に変身して、宇宙全体に拡散していくというイメージでした。

そしてその宇宙の果てで、蝶たちは光の滝に落ちるようにして時空のある世界から「永遠の今ここ」に溶けて消えていきました。

死後の世界いろいろ

さらに私はとうとう散文で、その世界を説明することも始めたのです。

そのように試みることは、実際の臨死体験の全体性をどこか損ねる面があることを私は意識していました。回復初期に私が口走っていたうわ言の方が実際の臨死体験のテイストに近い何かだったのかもしれません。

しかし、私はこれからも、今度本当に死ぬまで、様々なポエジーを通じて、文学や音楽でそれを表現しようとし続けるでしょう。腹を決めて、まずはなるべくこの世で通用する言葉で、訥々《とつとつ》と臨死体験を語りましょう。

私の臨死体験は、それまでに私が書物などで読んだことのある、ありがちな記録とは異なっていました。

しばしば語られるような長いトンネルや、その抜けた先に広がるお花畑も見ませんでした。トンネルやお花畑のイメージは、クリスチャンを初めとする欧米人の臨死体験にしばしば登場します。キリストそのものや、老人の姿をした人格神に会う人もいます。

あるいは限りなく眩《まぶ》しい光の存在に会う人もいます。光という抽象的なレベルになると、その遭遇は生前の具体的な宗教に左右されることなく、広い地域にわたってやや普遍的に見られるイメージとなります。

また私は三途《さんず》の川も見ませんでした。川の向こうに、先に亡くなった親類縁者が現れて、「お前はまだこっちに来るな。生きている世界に戻れ」と諭されるようなこともありませんでした。このようなイメージは、やはりこの世の生活の中で、死後の世界についてのそのような物語が日常的に語られる日本のような文化圏の中でしばしば報告されます。

このように、臨死体験で経験される中身が、生前の宗教や文化に影響されたイメージを纏《まと》う現象をとらえて、それは脳の作り出した夢にすぎないのだと論じる人もいます。

しかし、私はそうは考えません。それは、その人が筆舌に尽くしがたい臨死体験を語るときに採用した手身近なイメージではあります。五感や思考を超えた世界を、自分の慣れ親しんでいるイメージを借用して表現しようとするのは、仕方のないことども、至極当然のことともいえるのではないでしょうか。

あの世そのものがそのような具体的な姿をして「実在している」と考えるのは確かに早とちりなことかもしれません。それなら、多種多様なあの世がそれぞれの人に応じて無数に実在していることになってしまいます。

そうではなく、もっとはるかに具体性を超えた、この世のイメージでは語ることの到底不可能な「源泉」があるのだと考えてみてはどうでしょうか。

臨死体験。それは、心肺停止に陥り、脳が低酸素状態でほとんど機能していないときにこそ、発動します。

この現象がなぜどのようなプロセスで起こるのかには諸説があります。私は自分の臨死体験のあと、この現象を説明する様々な説を読み歩きました。

低酸素状態の脳の中で最後まで松果体だけは盛んに活動しているとするのもそのひと

つです。そのとき松果体は、ＤＭＴという脳内物質を大量に放出しているという論文もあります。そのＤＭＴの働きにより、人は臨死体験という一種の神秘体験をするというのです。

このＤＭＴは、ヨーガなどの特殊な呼吸法や瞑想、仏教の禅などの修行の際にも大量に放出されているという論も私は読みました。

実は私は子どものころから生と死について深く考え込んでしまう傾向がありました。それでヨーガや仏教、瞑想などにも親しむようになりました。

そして、瞑想などで垣間見たことのある「色即是空　空即是色」の世界と、臨死体験には深い共通点があったと言えるのです。このことについては、あとでもう少し詳しく述べます。

また、量子脳理論では「脳のマイクロチューブル（微小管）に含まれる量子情報が全宇宙に拡散した状態」が臨死体験であると説明されているものも読みました。

この量子脳理論の描く世界は、無数の光る蝶が、自分から解き放たれ、宇宙全体に広がっていったという私の臨死体験のイメージと不思議に共通性がありました。

私自身が詩的なイメージとして思い浮かべたのと同じ現象が、量子力学で「科学的に」説明されているような気さえしました。

いずれにしろ、その出来事を伝えようとするときには、人はこの世にある具体的な脳に戻ってきていて、この世の言葉に翻訳（変換）することになります。だから、その表現は、それぞれの脳のこの世での経験や縁に影響されたものになります。しかし、だからといって、そのことをもって、脳を超えた共通の「源泉」のようなものは何もないという証拠にはならないのではないでしょうか。

表現の多様性と、超越的な源泉の普遍性は別のものとして考える必要があると思います。

というわけで、私が語る臨死体験も、戻ってきてからの私の脳が描きだしたイメージにすぎないと意識して聞いていただきたいと思っています。

私の臨死体験。今、端的に散文によってそのイメージをできるだけ簡単に説明すると次のようになります。

そこには、ただただ広大な宇宙が広がり、無数の星々が集《すだ》いていました。それは完全に透明で静かな「永遠の今」でした。

何ものにも碍《さまた》げられることのない覚醒が宇宙の隅々まで行きわたっていました。その覚醒はすべてのものに沁みわたり、貫き、透き通っていました。

実は散文としては、これ以上はあまり表現できることがありません。ただただ、そうだったとしか、言いようがないのです。

それだけで伝わればよいのですが、これでは、同じような体験のある人以外には、なかなか伝わらないのではないかという想いもあります。

生死の彼方

ところで、私は言葉による芸術表現というものにこだわって生きてきた者のひとりです。

十代のころから、五七五の短詩型文学としての俳句にも大きな関心がありました。特に俳句が五七五の小さな額縁の中の絵のようにして完成してしまう以前の時代に関心があります。

与謝蕪村のような俳句が独立して完成した時代の五七五よりも、それがまだ俳諧連歌《はいかいれんが》の最初の五七五としての「発句《ほっく》」であった時代に関心が深いのです。

ちょうど芭蕉のような人が活躍した時代です。

連歌とは、誰かが詠んだ五七五に次の人が七七をつなげ、また次の人が五七五をつなげていく、イメージの無限展開の遊びと言えます。

そのため、もともと連歌の冒頭にすぎなかった発句だけが、ポンと示されるとき、発句はその中にあらかじめ欠落を孕《はら》んでいます。

そこから続くはずだった何かが欠如している感覚が残り、そこに無限の「行間」のようなものを感じるのです。

西洋の美術に置きかえると片腕のミロのヴィーナスのように。

そこにあるはずのものがない。ないがゆえに、空っぽのままに無限の可能性を秘めて、変幻自在に揺らめいているのです。

なぜそう感じるかというと、やはり発句はもともと俳諧連歌という連綿として続いていく文芸の冒頭の五七五を指すものだったからです。

少なくとも、日本最高の巨匠である芭蕉の時代には、それは連歌の冒頭の句であるという意識が明瞭でした。

そのため、それが発句として投げ出され、後に続くはずの句が欠落したままであるとき、そこには禅でいうところの空《くう》が表現されていたということが言えると思うのです。

そのことに注目していた私は、臨死体験のいわく言い難い風光を発句という形式で表現できないかと探りはじめました。

たとえば小さい頃から丸覚えして知っていた発句に、芭蕉の次の句があります。

古池や蛙《かわず》飛び込む水の音

人口に膾炙《かいしゃ》され、誰もが知っていると言っても過言ではないでしょう。

しかし、私は思春期のあるとき、突然この発句の世界が「わかった！」と感じた瞬間の深い静寂を忘れることができません。蛙が飛び込んだぽちゃんという音の後でこそ、その静まり返った光景の閑《しず》かさは際立ちます。やがて、古池を取り囲む雑木林などの風景も全部消えて、ただ静寂な空《くう》だけの世界を味わっているような心持ちになりました。

そして、私は臨死体験で感じた「永遠の今ここの安らぎと静けさ」を思い起こすとき、あえてこの世の言葉でそれを表現するなら「古池や蛙飛び込む水の音」となるとすら感じるのです。

そのため、私は臨死体験の感触を人に受け取ってもらうための表現手段として、散文よりも詩、詩よりも発句が優れているのではないかと発想しました。

もしも人がこの世の言葉を用いて、あの世とこの世を吹き抜ける風そのものを表現しようと願ったとするなら、私にはそれ以上に適した形式はないのではないかと思えたのです。

もとより本格的な修練を経ているわけでも、季語という重要な要素についてしっかり修得しているわけでもありません。あくまでも素人芸にすぎないのですが、そのような思いで多くの発句を詠みました。

詩や発句は鑑賞しなれていないと、なかなか、その世界に入り込みにくいものでもありますし、私が自分で「ああ、このような発句がぴったり来る」と感じても、ともすればひとりよがりになるかもしれません。しかし、中には発句のような表現様式でわかりあえる読者がいるかもしれません。

そこで、私が臨死体験を表現しようとして詠んだ発句の中からいくつかを紹介したいと思います。

野垂れ死に瞳の奥を雲流る

私は自分の末期《まつご》についてしばしば想像します。旅が好きな私はどこか異国の地で孤独な最期を迎えるかもしれないと思います。

異国の街の雑踏での行き倒れ？　あるいは砂漠のような荒地での昏倒。仰向けになって両目をかっと見開いたまま、命を失ってしまっている自分の姿を想像してみる。

すると、その開ききった瞳孔が小さな鏡になって、空を流れる雲がただただ横切っていきます。しかし、空を流れる雲は網膜に像を結んでも、機能停止してしまった脳に認識されることはありません。

瞳に映っているのは、この世の空を流れる雲であっても、その瞳は実は、まったく違う世界を観ている。だが、それがどんな世界であるかは、この五七五の中に表現されていない。

しかし、瞳を流れていく雲を覗き込んでいるうち、本当はこの死体は何を見つめているのかが、わかるような気がしてくる瞬間がある。書き込まずして、なんだかわかるような気がしてくるその世界こそ、私がこの発句で表現したい生と死を超えた世界なのです。

しゃれこうべやがて芽を吹く沙羅樹《しゃらじゅ》かな

私はインドの旅の途中、村の土葬地に案内されたことがありました。

それほど大きな土地ではなく、その同じ場所に長きにわたって死者が埋められている。

掘り返してはまた新しい死体を地中深くに埋めるうち、古い死体のすっかり白骨化した頭蓋骨が地表に現れていることもあるのでした。

人の頭蓋骨がぽんと投げ出されるようにして、地表にあるのを見るのは初めてでした。その頭蓋骨の目の窪みには土が満ちていました。実際に私が見た光景はそこまででしたが、私は、あの頭蓋骨の目に詰まった土から、植物の芽が出てくることはありうると想像しました。

その頭蓋骨を見たのはずいぶん昔の若い頃です。しかし、臨死体験から戻った私はあのときの頭蓋骨《しゃれこうべ》を想い浮かべながら、この句を詠んでみました。新しい命の芽吹きがあの目の窪みから伸びてくる様子を発句にしてみたのです。

しかし、ここでもまた、あの白骨から解き放たれた命が、今どこでどんな状態にあるのかについては叙述していません。ただこの世に遺された頭蓋骨《しゃれこうべ》を見つめ、そこから新たに芽吹いている命を見つめるにつけ、今頃、その主だった命は…という想像を掻き立てるだけに留まっています。

もしあえて散文的に説明するならば、この白骨から解き放たれた命のエネルギーは、全世界に浸透しています。この土葬地の土くれのすべてに。その周囲に生い茂る雑木林の無数の木の葉の煌めきに。

そしてそのうちの一部が沙羅樹という形でこの娑婆世界に新しい命を芽吹こうとしています。沙羅樹は命のエネルギーの循環のひとつのシンボルとして、この白骨に詰まった土くれを破って、姿を現しているのです。

浄土ってほんまにあるの？

日本の仏教各派の中で最も信者の多いのは浄土真宗です。

浄土宗を含めると、さらに多くの仏教徒が「浄土教」の信者ということになります。

もっとも、その中には、熱心な念仏行者から、家の宗教がそうだが自覚もしていないという人まで含まれています。

それにしても、浄土という日本語は、それら浄土教の宗派の枠も越えて一般的です。

「死んだらお浄土へ往く」という考えは長い間、日本人の精神世界をゆったりと包み込んでいたといえると思います。

では、その浄土とはいったいどういうところなのでしょうか。

それについては、『浄土三部経』の一つ『阿弥陀経』(原題は『極楽の荘厳《しょうごん》』)に精《くわ》しく説かれています。

西方極楽浄土は阿弥陀仏の仏国土であるとされています。

昔の人々は阿弥陀仏の姿を光り耀《かがや》く人格神のような姿で想像し、そのような方が、夕日の沈む果て、西方極楽浄土に鎮座されているとイメージしていたのでしょう。

しかし、私は臨死体験の際、そのような方と会ったわけではありません。

極楽の様子の描写に精しい『阿弥陀経』を含む『浄土三部経』には思春期から親しんで読んできたにもかかわらず。

会わなかったという言い方もできるし、臨死体験のイメージを想起して表現するときに、私には『阿弥陀経』などの描く極楽のイメージを援用するのは、不自然なことだったと言うこともできます。

昔の人はともかく、近代社会に生きる私たちにとっては、その極楽が西の彼方に、描かれたとおりの世界として実在するとは、到底信じることはできません。

でも、「死んだらお浄土に往く」ということを普段から聞かされたり、信じたりしてきた昔ながらの日本人が「阿弥陀様に会った」「極楽浄土に往った」というイメージで臨死体験を想起することは、あってもおかしくないと想います。

ところで、私はいかなる意味においても「浄土」というものに往かなかったのでしょうか？

これについての私の考えを書きたいと思います。

これまでにも述べてきたように、「臨死体験の叙述」には、戻ってきてからそこに投影したイメージの違いが現れると思います。

どこまで逝ったか（どこまで深く生死を超えた世界に入り込んだか）によっても、違うと思いますが、その違いだけではなく、戻ってきてから自分の脳が再構成するイメージがそれを様々な形に描き出すのだと考えています。

そこで、私が生きているとき、どんな文化的背景につかっていたのか少し説明させていただきます。

私は、仏教学を学問として大学院修士課程修了までの六年間学んだ人間でした。

昔の人のように、お浄土には阿弥陀様がいらっしゃり、死ぬときにはお迎えに来てくださるというのを字義どおりに素朴に信じているわけではありません。

しかし、そのように書いてある経典などの真意を、若いときから学究していた人間でした。

そのような来歴が、私自身が臨死体験を想起する際のイメージの再構成に少なからず影響を及ぼしていたということはありうることです。


さて、阿弥陀仏という言葉はもともと「量ることのできない限りなき智慧と生命」という意味のインドの言葉に由来しています。

それを金色に耀く仏像の姿で表現すること自体、ある種の「偶像崇拝」と言えると、仏教学を学問として修めた人間は考えます。

そして『阿弥陀経』などの経典に描かれた浄土のイメージについても、それはいかに素晴らしい場所であるかのひとつの隠喩であると考えます。

そのうえで、では実際には死んだらどこへ往くのかについて、ある意味では「浄土」に往くのだとも考えているのです。

そして、私が臨死体験で観た世界を想起するとき、それはやはり仏教の伝統の中で説かれてきた浄土であったと考えもするのです。

ただし、経典に描かれた「きらびやかな世界」の隠喩を、そのままイメージして想起するわけではありません。

のちの様々な論者が残した書物に書かれているような「抽象的な次元」で想い起こし、再構成する作業を、「回復してきた脳」がおこないはじめるのです。

たとえば、私は臨死体験から戻ってから、天親菩薩《てんじんぼさつ》（世親《せしん》）の『浄土論』に改めて注目することになりました。

そして学生時代以来、三十年ぶりに読み返してみました。

確か、あそこに「そのようなこと」が書いてあったという遠い記憶が、私を突き動かしたのです。

読み返すとやはり、天親菩薩は、経典に描かれた浄土のしつらえ（荘厳《しょうごん》＝様子）というのは、つまるところ、たった一句に収まると論じていました。

その一句とは……「清浄《しょうじょう》」。

浄土の特徴をもし一句だけで表すのならば「清浄」、それに尽きるというのです。

さらに、その天親の『浄土論』の精しい注釈書『浄土論註』を書いた人に曇鸞《どんらん》がいました。天親の『浄土論』。曇鸞の『浄土論註』。

その二人の名前から一字ずつをもらい受けて名告《なの》りをあげたのが親鸞《しんらん》という浄土真宗を開いたとされている人です。

その親鸞もまた主著『教行信証《きょうぎょうしんしょう》』信巻において、天親・曇鸞の言葉を受けて、「浄土の荘厳を一法句にまとめるならば「清浄」であり、色も形もない覚醒そのものだ」と改めて明らかにしています。

浄土の特徴をその一句にまとめるのは、具体的なイメージを駆使して語るよりもはるかに普遍性を持った叙述の仕方ではないでしょうか。

これまでも述べてきたように、臨死体験をした人々はこの世に蘇生してから、再び活動しはじめた脳によって様々なイメージで、死後の世界を詩的にあるいはストーリーとして再構成します。

私はそれらのすべては、傾聴すべき「その人自身の回想の中での真実」であると尊重します。

しかし、具体的なイメージを超えて、その共通した姿を一句に収めるならば、それは「清浄」というしかないというのは、とても普遍性の高い表現だと考えています。

私の臨死体験は散文で表現するとこうだと先の節の中で述べました。

> そこには、ただただ広大な宇宙が広がり、無数の星々が集《すだ》いていました。それは完全に透明で静かな「永遠の今」でした。
> 何ものにも碍《さまた》げられることのない覚醒が宇宙の隅々まで行きわたっていました。
> その覚醒はすべてのものに沁みわたり、貫き、透き通っていました。

そのように私は自分の臨死体験を想起しました。そして改めて『浄土論』や『浄土論註』に思いを馳せたのです。

それこそが天親や曇鸞が叙述してきた「清浄」なる世界ではないかと。

また、親鸞は『唯信鈔文意《ゆいしんしょうもんい》』において、

「究極的な真理には色もなく形もない。心で捉えることもできず、言葉を絶している。この真理が、すべてのものに届けという深い願いを発して現れた姿である仏を、天親は『あらゆる方向に碍《さまた》げなく行きわたる光（尽十方無碍光如来《じんじっぽうむげこうにょらい》）』と名づけました」（長澤訳）

と述べています。

私が臨死体験で経験したのも「色も形もない覚醒」でした。

そこには「私」という意識はなく、自他不二《じたふに》（＝非二元的な）の覚醒だけがありました。ただただどのような碍《さまた》げもなく澄みわたった覚醒が広がっていたのです。

親鸞の語る究極的な真理は、私にはまったく人格神のようなイメージを結びません。けれどもそのような究極的な真理に「すべての存在が目覚めてほしい」という深い願いのために表現された姿を阿弥陀仏（＝尽十方無碍光如来）とするのが、浄土教の世界のようです。

『末燈抄《まっとうしょう》』という親鸞の書簡集の中から、私の現代語訳で引いてみましょう。

根源的な願いというのは、すべての存在に究極的な真理に目覚めてほしいという誓いをいいます。無上仏《むじょうぶつ》（この上なき覚醒そのもの）には形はない。形もないからこそ、自然《じねん》（ただただあるがままに）というのである。形がある姿を現すときには、無上涅槃《ねはん》（この上なき解放）とはいわない。形もないありさまを知らせるために、はじめて阿弥陀仏（限りなき覚醒を私たちに伝えるための姿）というのだと聞いて習いました。

続いて引いてみましょう。

阿弥陀仏は自然のありさまを伝えるための料《りょう》（ネタ）なのである。
この道理を体得した後には、「ただただあるがままに」ということをあれこれ言葉で考えることはいらない。

このように色も形もない覚醒そのものを「仏の本当の姿」としていたからこそ、親鸞は阿弥陀如来の木像などを本尊としませんでした。

それをすると、なんらかの形ある「人格神」のような存在を偶像として崇拝してしまう危険性があるからだと思います。

そのような像の替わりに「南無阿弥陀仏」または「帰命尽十方無碍光如来《きみょうじんじっぽうむげこうにょらい》」という名号《みょうごう》を書いた掛け軸を、「本尊」として布教を進めていったのです。

ふたつの名号はそれぞれ「六字の名号」「十字の名号」と呼ばれます。が、意味は同じです。

ただ、「南無阿弥陀仏」は、サンスクリット語の音写（発音を漢字で表そうとしたもの）で、「帰命尽十方無碍光如来」は意訳（意味を漢語に訳したもの）なのです。

それを今一度、現代日本語に訳し直すならば、

「あらゆる方向に何の碍《さまた》げもなく沁みわたり無限に広がる智慧と慈悲の光にすべてをまかせます」という意味になります。

この「あらゆる方向に何の碍《さまた》げもなく沁みわたり無限に広がる智慧と慈悲の光」こそ、臨死体験の様子そのものでした。

また親鸞は『教行信証』真仏土《しんぶつど》巻で、阿弥陀の浄土を「無量光明土《むりょうこうみょうど》」と表現しています。さらに、『浄土論』を重ねて引いて「（この浄土は）究極的には虚空のようであり、広大で果てがない」（長澤訳）と描写しています。

何の碍《さまた》げもなく（無碍）、はかりしれない光が果てしなく満ち満ちている世界が浄土であるというのです。

それは『阿弥陀経』が浄土の様子として描くような「無数の宝の鈴のついた網が、風に吹かれると、えもいわれぬ清々しい音を奏でる。千の楽器が同時にそれぞれに美しい音を出しているようで、そのすべてがひとつに調和して透明に聞こえる」（長澤訳）というような喩えが直接的に当てはまるものではありません。

しかし、『阿弥陀経』が、そのような喩えで何とか表そうとした安らぎの極み（極楽浄土）が臨死体験の世界であったと言うことができると感じるのです。

のちに私はソウルメイトとも言うべきパートナーから驚くべき証言を聞きました。回復してきた私が自分の臨死体験を「宇宙のすべてに覚醒が沁みわたったような感じだった」と述懐したときのことです。

彼女はこう語ったのです。

「実は自分も同じことをこちら側の世界から感じていた。長澤さんが宇宙のすべてに浸透しているのが感じられた。そして完全に静寂な世界にいるのがわかった。ただ、こちら側から見ると、それはとても淋しいことでもあった」

光は遊ぶよ

前節では、私の臨死体験を浄土教の言説と照応してみました。
ふたつの点にまとめると、
1. 浄土のしつらえ（荘厳《しょうごん》＝様子）を究極の一句にまとめると、ただただ「清浄《しょうじょう》」である。
2. 阿弥陀仏とは人格神のようなものではなく、「尽十方無碍光《じんじっぽうむげこう》」（すべての方向に何の碍げもなく沁みわたる光）である。

その二点がとても重要です。

それは、これまでに私があえて散文でまとめた説明にもきれいに一致すると感じます。

そこにはただただ広大な宇宙が広がり、無数の星々が集《すだ》いていました。それは完全に透明で静かな「永遠の今」でした。↓「清浄」

何ものにも碍《さまた》げられることのない覚醒が宇宙の隅々まで行きわたっていました。その覚醒はすべてのものに沁みわたり、貫き、透き通っていました。

↓「尽十方無碍光」

「清浄」は浄土の性質をやや静的にとらえたものといえます。

「尽十方無碍光」はその透明な覚醒（智慧と大悲）が、常にひたひたと何の碍げもなくすべてに沁みわたっていく動的な側面をとらえているといえます。

ここで光というものの性質について、少し付け加えておきたいことがあります。

光は物質と、非物質の境界線上にある不可思議な存在＝非存在です。

この世のすべての存在は、実は光が（ある種の法則に基づいて）物質性へと固着したものといえます。

全存在は物質でもあり、同時にエネルギーでもあります。

アインシュタインが発見した「エネルギー、物質、光の関係性」は、$E=mc^2$という方程式で表現されているのは多くの人々の知るところです。

エネルギー＝物質の質量×光速の2乗という法則がこの時空を貫いています。

すべての物質は実は光が固着したものであり、それが光のエネルギーに戻るときには、質量×光速の2乗という莫大なエネルギーを放つのです。

ウランなどの物質は核分裂によってそのエネルギーへの還元が起こりやすい特別な鉱物です。そのような鉱物や核分裂を引き起こす方法が発見されることによって、それは原子力の根本原理ともなりました。

この発見自体は存在の秘密の鍵を開ける科学のひとつでした。

しかし、悪用されると膨大なエネルギーで、一瞬にして都市を壊滅させることもできる怖ろしい力を発揮します。「平和利用」の名のもとに全地球を放射能の危機にさらしている原子力発電の問題も含め、非常に大切なテーマです。

が、その悪用への抗議については本書の守備範囲ではありません。

ここではとにかく「光」というものが、空なるものの放つエネルギーを物質的な存在へと固着させていく際の、最も重要な鍵となっていることを押さえたいと思います。

そのようにして成り立っているのが、時間と空間の中での物質的存在であるということです。

時空の中にあるすべての物質的存在は、光のエネルギーが、一つの法則＝方程式によって固着したものといえるのです。


それを「エネルギーとしてのもともとの姿」で観るためには、実際に核分裂を起こし、閃光とエネルギーを解き放つことが必ずしも必要というわけではありません。

私たちは深い瞑想体験や、また臨死体験によっても知ることができます。

「時空とそこに仮想される物質」はすべて「空なる世界に遊ぶ光のエネルギー」でもあるということを。

私が若いころから瞑想などによって垣間見てきた、そのような「色即是空　空即是色」の光景は、臨死体験によって最終的に透徹した視野として安定したということができます。

永遠の今ここ

私たちの太陽系では最も遠い惑星まで太陽の光が届き、惑星は自ら輝いていないのにもかかわらず、太陽の光を反射して煌《きら》めくのはよく知られている事実です。

しかし、宇宙空間は実際には暗黒です。

そこに太陽の光はまっすぐに進行しているだけです。なぜならそこには光を遮《さえぎ》る障碍物がないからです。障碍がなければ光は暗黒の中を進行するだけです。

物質的宇宙で私たちの網膜が眩《まぶ》しい光を捕捉することができるのは、光源の方向を見た場合と、何かに反射した光を見た場合だけです。

惑星が光るのも、月が光るのも、太陽光を反射するからです。碍げるから反射するのです。

また空が青いのは、大気中の無数の粒子が青い光を乱反射しているからです。何千メートルもの高山に登ると頭上の空気の層はやや薄くなり、空は青からやや紫に近づきます。宇宙空間の暗黒でもなく、地表から見る青でもない、その紫の空の不思議な色合いは私たちの魂をどこか深い次元に誘う魅力を持っています。

このように物質宇宙において、光の障碍物がなければ、そこは暗黒の世界です。

そのことは比喩となって、精神的な次元での光と障碍物の関係を物語っていると思います。

阿弥陀仏と音訳され、尽十方無碍光如来《じんじっぽうむげこうにょらい》と意訳される限りなき光は、煩悩《ぼんのう》に満ちた私たちを照らし出します。私たちはその光を煩悩という障碍によって遮ることで反射するのです。

無碍光も煩悩という障碍に反射するという性質を持っています。

もし、そうでなければ、存在＝非存在は、清浄《しょうじょう》なる無碍光がひたひたと打ち寄せるだけの「空なる世界」だったでしょう。

時空のあるこの物質的な世界は存在すらしなかったでしょう。

私の死生観では、無碍光はしかるべき時が訪れたなら一切の遮りを溶かしきって、光だけの世界に招喚《しょうかん》（還ってくるよう呼びかけ招くこと）するのは確かです。しかし、私たちが現に生きているこの娑婆世界では、無碍光もまた「あえて」障碍物としての私たち衆生《しゅじょう》（生きとし生けるもの）や物質世界を通り抜けずに、照らし出します。
そうでなければ私たちのこの限界のある世界は初めから存在しえなかったのです。

これによって、私たちが無碍光を必要としているだけではなく、無碍光の方でも私たちを必要としていることがわかるのです。

様々な限界を持った、煩悩にまみれ、姿形を持った私たちが存在しなければ、この世界は光が暗闇の中をどこまでも進行するだけの伽藍洞《がらんどう》です。

悩み苦しむことは何もないが、それぞれが自分自身にしか放つことのできない光を反射することもないのです。

私たちは皆、無碍光の障碍物です。だからこそ、それぞれの光を放つことができるのです。

仏教では悟りを開いていく道筋を往相《おうそう》、悟りを開いた存在がこの世で光を放ち、光の耀《かがや》きを告げ知らせる道筋を還相《げんそう》と言います。

それを私は次のように表現したいと思います。

往相（悟りに向かって往く姿）とは、私たちが無碍光に目覚めそれに身をさらし、光に溶けていくプロセスです。

還相（悟りをひらいた自分がこの世で周囲に光を放つこと）とは、無碍光に必要とされるままに、私たちがこの世の限界ある存在として自分自身にしか反射することのできない光を反射することなのです。

もしも私が心肺停止のあと意識を回復せずあのまま死んでしまっていたら……。何度も私はそれを考えました。

安らぎに満ちた何の障碍もない、清浄《しょうじょう》で無碍《むげ》な境涯。

永遠の今ここに目覚めている世界。

それはこの上ない真実（サット）・覚醒（チット）・至福（アーナンダ）＝サッチタナンダです。

しかし、それは光自身は光を体験しないことからわかるように、光に満ちた暗黒であり、私はこの世に何ひとつ働きかけることができないのです。

煩悩《ぼんのう》の林に遊ぶ

臨死体験で観た「生と死を超えた境地」の特徴を端的に表すとするならば、何の碍げもない（融通無碍《ゆうづうむげ》）、無限の至福と安らぎに満ちた覚醒です。

そこに自足する限り、何の問題も不満もありません。

しかし、これはこの世界に還ってきてから気づいたことなのですが、あの世界ではこの世に何の働きかけもすることができないのです。それだけが「生死を超えた境涯」のたったひとつ寂しい面なのです。

もしも娑婆《しゃば》世界で苦しんでいる人がいても、声をかけることもできません。話しかけることができないばかりか、話を聞いてあげることもできません。落ち込んでがっくり肩を落としている背中を見ても、その背中に手をあててあげることもできないのです。

ただ背中に手をあててもらうこと、それによってどれほど安らぎが満ち、体が緩み、心が解放されていくか。それを生きている私たちは知っていて、互いにそうすることができます。

自分はどれほど安らぎに満ちていても、それを伝播することができないのが、生死を超えて、娑婆との交わりを失った世界なのです。

もとより「完全な世界」から観ると、一切の生き物も、いや山や川や海や空、街さえも不二の無碍なる光であり、そこには実は何の問題もありません。

しかし、娑婆世界の只中にあるとき、そこには様々な精神的・身体的な苦しみ、悩みがあります。病があり、死があり、出会いがある反面、別れがあります。

どうにかしたいけれども、どうにもならないことがあります。

憎しみ合いがあり、殺し合いがあり、愛する人が目の前で死んでいくこともあります。追い詰められた事情の中で、愛する人を殺さなければならないことすらあるのです。

そのような「現実」に対して何の働きかけもできない世界。それが「生死を超えた安らぎと覚醒の広がる世界」だとしたら、私たちはそこに留まりたいでしょうか。

いや、その世界を知ったからこそ、その味わいの片鱗《へんりん》でもいい、世界で苦しみにもがいて流転するあらゆる存在に伝えたいと感じるのです。

仏教では、菩薩と呼ばれる存在はその「完全な世界」に留まることをあえて避け、もう一度、煩悩に満ちた世界に生まれなおすといいます。融通無碍《ゆうづうむげ》なる永遠の今ここと、時空の中にある限界のある世界が交わるのです。

その風光を親鸞は『正信偈《しょうしんげ》』と呼ばれる偈頌《げじゅ》（漢詩）の中で、天親《てんじん》の『浄土論』の言葉を借りながら、次のような四句に謳《うた》いあげています。

得至蓮華蔵世界《とくしれんげぞうせかい》
即証真如法性身《そくしょうしんにょほっしょうしん》
遊煩悩林現神通《ゆうぼんのうりんげんじんづう》
入生死園示応化《にゅうしょうじおんじおうげ》

このうち、前の二句が「永遠の今ここ」「安らぎだけの世界」を表し、後の二句がそこからあえて「時空の中にある娑婆」「喜びにも苦しみにも満ち満ちている世界」に参入していく様子を表しています。

こうして私たちは生と死を超えて
蓮華*の美しく咲く安らかで軽やかな世界に生まれます

色もなく形もない完全に解放された光
空そのものを悟り、味わうことになるのです

さあ、自由で解放された境地のままに
煩悩に満ち満ちた林に戻って遊びましょう
すべての人の悩みを聞き届け解き明かす力をもって
人々の瞳を覗き、手を握りましょう

生と死、迷いに満ちた意識の中を堂々巡りするお花畑に
あえて入っていって

*蓮華は悟りを表す

あらゆるものたちと共に歌い踊りましょう

DMT 脳の保護と臨死体験

さて、臨死体験はともかくとしても、医師たちにとって私のケースは謎に満ちていました。

「心室細動による心肺停止と昏睡から十日後、意識を回復し、自発呼吸が再開したことは奇跡だ」

そのように私は思われていました。通常は脳細胞がこれだけの時間、低酸素状態にさらされると、もっと激しく破壊されてしまい、死亡に至る。

意識の回復など不可能だというのです。

CTやMRIによる画像診断でも、脳細胞の破壊はほとんど映らないほど軽微だと言われました。救急搬送後の脳の低温療法が功を奏したのだということになりました。

しかし、私は、脳低温療法とは、心肺停止時間にすでに破壊された脳がそれ以上破壊されないように保護するための医学的処置にすぎなかったのではないのか？と思いました。

最初の心肺停止時間に、なぜ脳細胞がほとんど保持されたのかは、依然として謎のままではないかと思いました。

のちに私は低酸素状態における脳内のはたらきについての論文を発見しました。

『脳研究速報』（『Brain Research Bulletin』）という英文雑誌の一二六号（二〇一六年九月号）「ＤＭＴ（Ｎ・Ｎ‐ジメチルトリプタミン）の神経薬理学」*という論文の中の「心停止」の章に次のような叙述があったのです。

「ＤＭＴは肺がストレス信号を受け取ったときに、大量に合成される可能性がある。また、ＤＭＴが見せる幻覚は臨死体験とかなり似通っている。だとすると、死にかけて呼吸が止まったとき、ＤＭＴが大量に合成され、それが脳を酸欠状態から保護する一方、臨死体験を見せている可能性が非常に高い」

＊ TM Carbonaro & MB Gatch, "Neuropharmacology of N,N-Dimethyltryptamine", Brain Res Bull. 126 (Pt 1): September 2016, 74–88.

酸欠状態において脳内に分泌されるＤＭＴが「脳を保護するはたらき」「臨死体験を

見せるはたらき」を持っているという叙述が、脳科学の論文の中にあったのです。もし、私の脳が通常よりも奇跡的に保護されていたとするなら、それはＤＭＴの分泌が大量であったからだという可能性に、私は思いを馳せました。

私はさらにこのＤＭＴという脳内物質について調べました。やがて判明したことは、ヨーガなどの特別な呼吸法によって、その分泌を高め、生死を超えた世界を観ることは、伝統的な修行方法のひとつだったということです。

私は十代の頃から、様々な瞑想を実践してきました。私はなぜ、瞑想するようになったのか？

十五歳の頃、宇宙の片隅で束の間生きて死んでいく自分の存在について、なんて虚しいことだろうという想いに駆られ、何も手につかなくなった時期がありました。虚しさが極まってくると、ふいに自分の部屋に亀裂が開いて、虚空の深淵に落ちてしまいそうな感覚に襲われることもありました。思わず、自分の座っている椅子の肘掛けをつかみ、「落ちる！」という感覚をやり過ごすこともしばしばでした。

ある日のことです。いつものように虚空の深淵に落ちるという感覚に襲われた私は、その日に限って「もうそれでええわ」という想いになったのです。肘掛けをぎゅっとつかむのではなく、手放しになって、自分をゆったりと流れにまかせるような心持ちになったのです。

すると、「自分」という境界が消えて、私と宇宙はひとつなのだ、私が宇宙なのだと感じはじめたのです。そんな心地を味わうのはまったく初めてのことでした。私の胸のどこか奥深いところから、歓喜のようなものが湧いてきて、何も心配することはいらない、あるがままに自分を生きていくだけでいいという確信に満たされました。


「あの歌はこれを歌ってたんか！」

そう思った私はLPレコードのラックからビートルズのレコードを取り出しました。そして、有名な「LET　IT　BE」という曲を聴きはじめたのです。

暗闇のどん底で、聖母マリアの智慧の言葉が聞こえてきた。あるがままに。

私にもわかるシンプルな英語で、その曲はそのようなことを歌っていました。その歌を聴いていると、私の宇宙との一体感や、歓喜はますます増幅していきました。

「なにもかもこれでええんや。自分のハートの声のままに生きて生きてやがて死んでいく。それでええんや」

私はそのような思いでいっぱいになり、手近な大学ノートにそれを詩のように書きつけました。

のちに、コリン・ウィルソンの『アウトサイダー』という本を読んだとき、あのとき、恩寵のように私を包んだあの感じこそ、ウィルソンが「絶頂体験」「価値体験」と呼んでいるものだと確信しました。

さらにウィリアム・ジェイムズの『宗教的経験の諸相』という本を読んだ私は、そのような体験は古今東西を通して、様々な宗教的伝統の中で観察されていることを知りました。「宗教的経験」「神秘体験」などと呼ばれるその具体的な姿を、プラグマティズム（実用主義）の哲学者であるジェイムズは、ただただ傾聴したままに無数に記録していました。

問題はその圧倒的な歓喜はとても一時的なものだったということです。私は再び、卑小なひとりの少年の殻の中に戻ってしまいました。

そして、「受験勉強をして、よい大学、よい会社に入りなさい」という両親の価値観の中に閉じ込められました。そのような価値観で自分を叱咤激励して生きることは、あの「神秘体験」とはちょうど反対の極にあるような気がしました。宇宙と一体化した大いなる自己を、あるがままに生きることではなく、現代社会のシステムに適合しようとして、自分を型にはめこみ、本来の自分を見失うことのように思いました。

しかし、私にはどうしたらいいのか、わかりませんでした。あの日、偶然にも私を突然襲った「宇宙との一体感」は、いったん見失われると再び見出すことができませんでした。

どうしたらもう一度あの状態を得ることができるのだろうか。読書好きだった私は様々な本を読み漁り、その「道筋」を見つけようとしました。

こうして、私はヨーガ、瞑想、禅などがそこに到る道だということを発見したのです。高校時代の私は仲間と瞑想のサークルを作り、放課後などに空き教室に集まって瞑想を試みるようになりました。

ところが、瞑想しても瞑想しても、再び「宇宙との一体感」を得ることはありませんでした。それどころか、あのときの「神秘体験」だけが真実で、今は嘘の自分を生きているにすぎないという思いにとらわれると、以前よりも苦しくなってくるのでした。

精神的に追い詰められてきた私はやがて「頻尿」という身体症状にも見舞われました。初めは近所の内科で膀胱炎の診断を受けました。ところが薬を飲んで菌が死滅しても頻尿は続きました。他にも、自分のお腹のおへそのことを思い出すと、むずがゆくなってきて、そこから注意をそらすことができなくなるという、滑稽な神経症状も生じてきました。

そんなある日、私は大きな病院で検査を受けてきなさいという両親の勧めに従い、電車に乗って大阪市の中心部の病院に行きました。

医師は「尿に異常は見つかりません。神経症的な症状だと思われます」と私に告げました。

その診断を聞いた私は、身体の大きな病気ではないという安堵よりも、この精神症状とどのように付き合っていけばいいのかわからないという不安と絶望を覚えました。

病院からの帰り道、市内の大きな書店に寄り道した私はいつものように東洋思想や仏教などの本の並んだコーナーを訪れました。そこに辞典のように分厚い本があり、背表紙に『存在の詩』とタイトルがありました。

その本を手にとると、バグワン・シュリ・ラジニーシと呼ばれる、インドの瞑想の師匠（グル）の講話録でした。

私は、目についたところを立ち読みしました。

〈川〉はそれ自身でひとりでに流れている。
あらゆるものが必ず究極の大洋に至る。
あなたはただどんな妨害もしないことだ。
〈川〉を押し進めたりすることはない。
ただそれといっしょに行けばいいのだ。

その本はそのように語りかけていました。どのページを開いても、そのときの私の魂の深奥にしみいりました。

十六歳の私は立ち読みをしながら、書店ではらはらと泣いてしまいました。体中から余計な力が全部抜け、自分自身が透明になったように感じました。

きらきらとさざなみの光る大河が、大いなる海に向かってゆったりと流れています。私は自分自身をそのまぶしい光の中に見失っていました。

そうです。私はあの「宇宙との一体感」にそのとき再び溶けていったのです。頻尿も、おへそがむずがゆいという滑稽な神経症状も消失してしまいました。


その後、私は日本の鎌倉時代の仏教者である親鸞《しんらん》や、現代の禅僧である鈴木大拙《だいせつ》などにも、同じ味わいを見つけました。

自分の力で宇宙と一体になったり、悟りの境地に到るのは到底不可能である。その不可能であることを徹底的に思い知ったときに、私たちは自らの力みを手放し、大きな流れに身をゆだねる。

そのとき、私たちは「自分」という桎梏《しっこく》から解き放たれて、大いなる宇宙との一体感に目覚める。

彼らの体験と思想は、そのようなパラドキシカルな構造を共通して持っていました。

私はそのようにして、瞑想を試みたり、瞑想ではどうしてもたどり着けない「救済」に恵みのように遭遇《そうぐう》して生きてきました。

そして、今の私はこう考えています。

瞑想が極まったときにも、自分をただただ大いなるものにゆだねることで不思議な宇宙との一体感に包まれたときにも、どちらも脳内ではＤＭＴが大量に分泌するのではないか。

そのような数々の体験を通して、私の脳にはＤＭＴの分泌癖がついていたのではないか。

そのために心肺停止の際に、通常よりも超大量のＤＭＴが分泌し、脳を医学の常識を越えるほど保護したり、臨死体験に導いたりしたのではないか。

第二章
この世に投げ返されて

どんな障碍《しょうがい》でも生きる

私が十三分間もの心肺停止の状態から、なぜ蘇生できたのかという謎とともに、もうひとつ医者が突き止めることができなかったのは、なぜ心室細動《しんしつさいどう》が起こったか?でした。様々な検査の結果、心臓やその周辺の血管などには、それを起こすに至るような病変がなんら見つからなかったそうです。

そのため私は「特殊型心室細動」という病名をもらいました。特殊型というのは、原因が特定できないときに使う言葉だと主治医は私に言いました。

まるでこの心肺停止と蘇生は、私に臨死体験をさせるためだけに起こったかのようで不思議です。

意識回復直後の私は朦朧《もうろう》とした意識の中で様々な管につながれて、常時、身体をびくびく痙攣《けいれん》させていました。食事は摂ることができず、点滴だけが栄養源でした。これ以上の回復は望めず、一生、ベッドに縛られたままなのかもしれません。

しかし、私にはなぜか絶望感がありませんでした。

小学生のとき、体育館で見た筋ジストロフィーに冒された少女の映画が脳裡《のうり》に蘇《よみがえ》りました。筋肉細胞の異変のためにほとんど動けなくなって亡くなっていく少女の姿を見たとき、誰がいつそうなるのかはわからないと聞いて、私はとても怖ろしかったものです。幼い私にとってそれは病気の中で最も怖ろしい「病気の王様」になってしまいました。人生というものは、いつ筋ジストロフィーになるかわからない、いつ死んでしまうかわからない。そう思って生きていくしかないものだと思い定めました。

また友人の親戚にはALS（神経系の病で、首から下の身体がほとんど動かなくなる）の患者さんがいました。講演活動で、私の居住地の近辺に来たその方に私はお会いしたことがありました。彼は瞼《まぶた》を動かして文字盤の位置を指示します。熟練した介助者がそれを読み取り、彼の言葉を伝えます。彼はそうやって講演活動を続けていました。そのような状態で前向きに生きている自らの姿勢を知ってもらい、どのような障碍《しょうがい》があっても生きる権利などを広めるための講演活動であったと理解しています。

友人の伝手《つて》で、私は控室に案内され、寝台の上の彼に対面しました。私は学校で先生をしていて、様々な障碍のある子の支援もしてきたと自己紹介しました。すでに私にはいくつかの著書がありましたが、中では一番親しみやすい絵本『ええぞ、カルロス』を彼に進呈しました。

彼は瞳と瞼をわずかに動かしました。頬はほとんど動いていなかったように記憶しています。しかし、それだけで私は彼が「ありがとう」と言って微笑んだのがわかりました。

のちに彼はＡＬＳ患者で最初の国会議員になりました。世間では彼に議員として何ができるのかという批判もありました。しかし、彼は頭脳明晰であり、自らの会社も経営しています。そして、ほとんど動けない状態という、「世の中の底」から世界を見つめ、そこから見たときの自分の意見を持っています。

彼が国会議員になったとき、そのことには大きな意義があると私は思いました

それらの身動きが不自由な人たちや、障碍があった生徒たちの姿、笑顔や泣き顔、周囲の子たちのいじめも優しいふるまいも、すべてが走馬灯のように私の脳裡を駆け巡りました。ベッド上でぶるぶると痙攣しながら、私は「どこまで回復するかはわからない

けど、死ぬわけにはいかない。それだけははっきりしている」と考えていました。

自分には、生のある世界に戻ってきたからには、やりたいこともやらなければならないこともある。そう考えると胸に温かいエネルギーが満ちわたるようでした。

いざ、自分がそのような状態に置かれたときに、何を考え、どう生きるか。そのためにこそ、これまでの人生で、様々な病や、障碍のある子たちに出会ってきたのかもしれないという思いに打たれました。

私が援助してきたつもりだった障碍のあるかつての生徒たちの全員が、今、私を支えていました。


「どんな状態であっても、生きることに意義があると教えてくれたのは、先生、あなたでしょう。さあ、先生。その通りに生きている姿を今度は、あなたが私たちに見せてください」

脳裡に巡る彼らの笑顔は、私にそう言っているようでした。

高次脳機能障碍

私の身体は徐々に回復していき、やがて車椅子に乗って病棟内を移動できるようになりました。循環器病棟はその総合病院の七階にあり、ロの字型の廊下の中央に詰所、外周に病室が並んでいました。

私は車椅子を手で漕いで、ロの字を一周することも、ロの字を離れて食堂までまっすぐな廊下を自分で行くこともできるようになりました。

私が歩行困難な理由は、身体の首から下にはありませんでした。心肺停止に伴う脳内の損傷が原因でした。

看護助手が車椅子を押して、私は病院内の神経内科に連れていかれました。神経内科で私には「高次脳機能障碍」の診断が下りました。

ちょっとした「予想外の事態」に、脳が過剰反応してしまい、体が痙攣して、すぐに転倒してしまうのも「高次脳機能障碍」の症状の一部と説明を受けました。

看護師詰所に自由に出入りすることが許されていた患者が病棟にふたりいました。私ともうひとりです。もうひとりの方は私よりやや年配で、ときどき明らかに突飛な行動をおこなっていると、その当時の私にすらそう見えました。

しかし、病院側からすると私も似たようなものだったのです。私は高次脳機能障碍によって、すぐに転倒してしまう症状のほかに、常識的な人からは突飛と思える言動をしてしまう傾向もあったようです。

私たちふたりは、特権を得ているつもりでいながら、実は行動を監視されていたのだと思います。

朝起きると、窓際のベッドにカーテンの隙間から眩《まぶ》しい光が射しこみます。その光が額に当たるとそれだけで私は高揚感に見舞われました。そして「あ、もう学校に仕事に行かなくてもいいんだ」と気づくと、心身が、エネルギーの奔流と化しました。

車椅子に乗った私は看護師詰所にかなりの速度でびゅーっと入っていき、「さあ、今日も一日、はりきってまいりましょう！」などと叫びました。看護師たちは慣れているので「はーい。長澤さん」と明るく応対しています。しかし、たまたま早朝より詰めていた医者は「ああ……そういうノリですか……」と戸惑いを隠していませんでした。

「今日は何を聴く?」看護師が私に尋ねます。私は息子らが見舞いに持ってきてくれた

ＣＤを選びます。レゲエのＣＤが多かったのを覚えています。のちに息子に聞いたところでは、病院から「精神的回復のための音楽療法に有効だから、お父さんの好きな音楽をいろいろ持ってきて」と言われていたようです。

小さなＣＤプレイヤーからレゲエが流れると、私は生きていることが嬉しくて車椅子の上で踊りはじめます。若い看護師の多い詰所もノリがよくて、一緒に踊りだす人、その情景を写真に撮る人、みんな笑っていて毎日がお祭りのように感じていました。

食堂には紙コップに注がれるコーヒーマシーンがありました。脳をリラックスさせ、身体の痙攣や緊張を緩めるために飲んでいた薬デパケンＲやランドセンで、私は昼間から眠くなることが多かったので、以前から好きなコーヒーを飲みたくてなりませんでした。

医者が心配していたのは心臓発作の再発でした。が、循環器系の病変はなんら見つからず、心電図も安定していたため、医者は「一日に二杯程度にしてください」と言って、コーヒーの飲用を認めました。

久しぶりに飲むコーヒーは脳に沁みて、明らかに覚醒が広がっていくのを実感しました。私はこぼさないようにふたをしたコーヒーを膝にのせたまま、病棟の隅にあった陽ざしの射しこむソファに移動しました。

車椅子からそのソファに裸足を差し出してのせました。そこに春めいてきた陽があたり、温かさが足元から昇ってきました。私はまたコーヒーを口に運びます。カフェインが脳や体に沁みわたり、私は至福に見舞われました。

生きてこの世にあり、日向ぼっこをしている。

このとき私は「樽の中のディオゲネス」と呼ばれるギリシアの賢人の気持ちが完全にわかったと思いました。

彼が日向ぼっこをしていると、訪問してきたアレキサンダー大王が「ほしいものは何でもあげよう。何がほしい？」と聞きました。ディオゲネスは「私は何もほしいものはありません。ただ…」「ただ？」アレキサンダーは首をかしげました。

「あなたがそこに立っていると太陽の光が遮《さえぎ》られますから、ちょっとそこを退《の》いてもらえますか？」

その逸話を思い出した私は日の光の中で拈華微笑《ねんげみしょう》を浮かべました。

傍目《はため》には生死《しょうじ》も知れぬ日向《ひなた》ぼこ

看護師さん、ありがとう

後から考えると、私はデパケンRとランドセンという、脳をリラックスさせ癲癇《てんかん》などを抑える薬を、成人が一日に服用してもよいとされる最大限まで飲んでいたのです。朝、夕、ベッドサイドに運んできた薬を、その場で飲むのを確認するまで、看護師は私のもとを去りませんでした。

その薬の効果もあり、私の身体からは無用な痙攣が徐々に去っていきました。そして車椅子から両の足で立ち上がれるようになったのです。

院内のリハビリテーション室まで車椅子で連れていってもらい、そこで週に数回、専門家の指導でリハビリを始めました。私は毎回、最初は寝台に横たわるように言われ、そこから寝台の角度を少しずつ縦にしていき、その角度ごとに身体のいろいろな数値を機械で調べられました。

私は病棟ですでに自分の足で車椅子からすっと立ち上がっていました。そのことによる立ちくらみやその他の異常は生じませんでした。その私に対して、いろはの「い」から、まどろっこしく始まったこのリハビリテーションには違和感がありました。

また、車椅子から立ち上がれるならばと、歩行器を使って病棟内を歩く訓練を始めるよう勧められた私は、それをやってみました。が、歩行器は身体全体の使い方が歪《いびつ》になり、この歩き方を覚えてしまっては、かえって遠回りになるのではないかと感じました。

かねてから強い関心があり、レッスンを受けたこともあるアレキサンダーテクニークで、理にかなった身体の動かし方、歩き方を取り戻したいと私は考えました。それを医者に申告すると、剣もほろろに拒絶されました。院外から、人を入れてなんらかの療法をおこなうことは一切まかりならないというのです。

私は院内のリハビリテーション指導や歩行器の使用は、身体の正しい使い方を回復させるためのものになっていないと感じると主張し、激しい議論になりました。

私は西洋医学のすべてを否定するものではありません。今回の一連の経過に限って述べても、到着した救急車によるＡＥＤの電気ショックがなければ、私の心拍は回復せず、そのまま死亡していたでしょう。またそれでも回復しなかった呼吸のためには、すぐに人工呼吸器につなぐことが必要でした。また搬送された病院で、脳細胞の破壊をできるだけ防ぐために脳の低温度療法を施したことにも一定の効果があったと考えられます。

しかし、幼い頃、小児喘息だった私は副腎皮質ホルモン（ステロイド）によって発作を抑えるたびに、次の発作がひどくなり、両親の判断でその治療を中止したことがありました。

思春期以後には、野口整体やヨーガと出会い、その基本を学びました。そんな中で喘息の症状も軽減していきました。

身体を機械論的に扱わず、ホリスティックにとらえ、生き物としての本来の動かし方や生活習慣を通じて、自己治癒力を最大限に引き出すことが、健康的に生きるための基本中の基本だという考えを持っていました。

私は病院のリハビリ室に通うのをやめ、歩行器の使用もお断りしました。病棟の廊下には、病室入口など以外にはほとんど手すりが付いていました。私はその手すりをよすがにしながらも、できるだけ身体をまっすぐに保ち、一日に何周も何周も病棟内をロの字に歩きました。

病院の勧めるやり方を拒否したり、外部の専門家を入れたいと言い出して医者と激論したことによって「この人は身勝手な患者だ」という空気が形成されかけていたのは、なんとなく感じていました。

ただ、自分のやり方でずっと廊下を歩き続けている姿を看護師たちは日常的に目にしていました。

「今日もリハビリ？」廊下を行きちがう際の看護師の声かけが再び親密なものになってきたように感じました。

病院の四階屋根の一部は、ちょっとした緑のある庭園風の造りをしていました。その庭は七階の窓からも眺めることができ、私もその存在を知っていました。

「あそこを一緒に歩いてみる？」

病棟のチーフだった看護師さんがある日、私に声をかけました。

「あ、お願いします」

季節は徐々に春めいてきていました。私はその庭で久しぶりに外の風に吹かれ、日差しを浴びて、看護師と手をつないで歩きました。

私の場合、ちょっとした異変があった際の脳の過緊張によって痙攣が起こり、そのまま転倒してしまうというのが、歩行を困難にしていました。首から下に、欠損や麻痺があるわけではなく、歩行の際に身体を力で支える必要は、介助者にありません。ただ手を添えてもらっていて、いざというときは、ぎゅっと握って転倒をしのげばいいという安心感があれば、それだけで、かなり歩行できたのです。

チーフの看護師はこの習慣は有効だと考えたようでした。医者やリハビリ室とどの程度打ち合わせ、話を通していたのかは、不明です。しかし、詰所で打ち合わせがあったことは間違いありません。それ以後、毎朝、検温と血圧測定に来る「今日の担当看護師」が、昼下がりに一定の時間をとって、その庭を一緒に歩いてくれるようになりました。

つないでいる手からは、日に日に力を抜いていくことができました。もうほとんど軽く触れているだけで、私はリラックスし、歩くことができるようになりました。結果的には、病棟看護師の協力で独自に「開発」したこのリハビリテーションが最も有効だったのです。

少なくとも回復の過程や、逆に死を受容していく過程においては、医者が直接施す医療以上に看護師の役割というものが大きいと私は感じるようになりました。なぜなら彼女たちは毎日、患者の姿を見ていて、その人にとっては何がなぜ必要かを理解するようになるからです。

そして、おそらく看護師たちはこのリハビリテーションをおこなうことによって、加算された報酬を得ていたわけではないと思います。この患者にとって必要で有効だからおこなっていたボランティアだったのでしょう。

ある日、信頼していた看護師のひとりが「今日は手すりを持って階段を上ってみよう」と言いました。

病院の階段を、手すりをよすがに私は一段ずつ上っていきました。看護師は少し後ろから同じペースで付いいてきてくれます。

両足を同じ段に揃えてから、次の一段に挑戦します。高次脳機能障碍とは厄介なもので、階段に何か小さなゴミが落ちているのが目に入るとそれだけで、実際の危険性とは関係なく、過緊張が起きます。体が硬直するのです。

私は微かに痙攣しながら、後ろから付いいてきている看護師に声をかけました。

「もし、今、僕が転倒して、階段を落ちたら、どうなる?」

看護師はまっすぐに私の目を見返しました。

「私が受け止める」

私は看護師の白衣に包まれた細い体を見ながら言いました。

「自信あるんですか」

「自信ある」

そのとき、私を見上げてそう断言した彼女の精悍《せいかん》な表情は、今でもくっきりと思い浮かべることができます。

生きるも歩くも綱渡り

やがて私は手すりにつかまらなくても病棟内のロの字の廊下を歩いて周ることができるようになりました。

食堂にもひとりで歩いていきました。食事の際、私の箸さばきは、大豆の一粒一粒を挟めるようになりました。家から持ち込んだパソコンのキーボードも自由に打てました。

ただ、あるとき、できると思って、食堂で紙コップに注いだコーヒーを手に病室に戻ろうとすると、「こぼさないように」と意識したとたん、緊張で体が痙攣しはじめました。私は手すりにつかまり、体を支えました。が、痙攣は増幅していきます。

私は廊下に座り込んでとにかくコーヒーをこぼさないように震えを止めようとしました。が、止めようとすればするほど、手の痙攣は増幅するのです。

通りがかった医者が私に気づき、代わりにコーヒーを持ってくれました。コーヒーが手から離れると、私の緊張は解け、痙攣が消えていきました。

これが私の場合の高次脳機能障碍なのです。

また、別のとき、眼鏡の歪みを修理するために外出許可を取りました。見舞いに来ていた妻と一緒に手をつないで歩いていくことにしました。眼鏡屋は病院のすぐ近くで、そこまでスムーズな足取りで到着しました。

眼鏡を修理のために預けたとき、尿意を覚えた私はショッピングセンター内のトイレに行くことにしました。妻にここで待っていてと伝えて、ひとりで行けると思って歩きはじめました。トイレまでは難なくたどり着き、用を済ませました。

ところが帰りに、ふとした拍子に、眼鏡屋まで遠いなと感じたのです。しかも、歩道がコンクリートです。転倒したら、病院の廊下よりも痛いと考えたのです。しかも、そこには様々に微妙な凹凸があり、病棟内の廊下のリノリウムと思われるなめらかな平面とはまるで違っているのがはっきりと見えました。

そのとたん、体が小刻みに震えはじめました。危ないと思って、私は地面に座り込みました。

通りがかりのおばさんが「どうしましたか」と駆け寄ってくれました。私は「そこの眼鏡屋まで戻りたい。そこには妻が待っているので、後は大丈夫」と言いました。おばさんは手をつないで眼鏡屋まで連れていってくれました。

私は自分の歩行困難が、脳の過緊張から来ることを理解しはじめました。だからといって、何も考えず、ぞんざいに歩いているときにもちょっとした地面の変化に対応できず、転倒することがあるのです。

つまり、私は意識しすぎても痙攣する。ぞんざいでいても、転倒する。はっきりと目覚めていて、しかも無心であるときだけ、自在に身体を動かすことができるのです。

無心というのは十代のとき、禅に出会い、本を読んだり、参禅するようになって出会った言葉です。それは最も容易であるからこそ、何を考えてもそこから転げ落ちる、最も困難な心の状態であることを、禅堂などでその頃、嫌というほど思い知りました。

しかし、心が、無心から転げ落ちたところで、私の体は機械的に日常生活を送ることができました。そのようにしてこの齢になるまで生きてきたのです。

ところが、今、私は歩くだけで、それを高いところに張り渡された綱を渡っていくことのように感じはじめたのです。

臨死体験で観たあの融通無碍《ゆうづうむげ》な世界と異なって、娑婆《しゃば》世界とはそういうところだということが、以前よりくっきりとしてしまったのです。

私は思春期の懊悩《おうのう》からの解放を東洋思想の世界観に見出した少年でした。それ以来、禅や瞑想によって空を体得しようとしはじめました。しかし、考えるまいとすると余計に考えてしまい、意識するまいとすると余計に意識してしまうために、禅や瞑想は私にとって巨大なパラドックスとなりました。

どうしたらこのパラドックスから解放されるのか。

どうしようもないではないか。

そう思い知ったとき、私は我知らず解放されている境涯を観ました。無碍なる世界に解放されていきました。

そして臨死体験は、そのように瞑想の果てに見出した融通無碍な世界の究極だともいえるものでした。もはや、その状態から転落することは不可能でした。転落しようにも、転落する私も、転落するための世界も、同時に完全に消滅していたのです。

しかし、この世界に戻ってきた今はどうでしょうか。この世界はその無碍なる世界の正反対の世界なのです。いつ転落してもおかしくない綱の上を、そうと気づかず機械的に過ごし続けるか、覚醒してしかも無心に渡り続けるか。

私はなんというところに還ってきてしまったのでしょう。なんという脳の状態に振り子を逆に振り切ってしまったのでしょうか。

世界はワンダーランド

病窓の外に見下ろせる桜が満開になり、しばらく咲きほこった後に散っていきました。ある朝には美しい虹が立ちました。私は外の世界に帰っていきたい。そうする日が近づいていると感じはじめました。

病院側としても、「心臓疾患はほぼ完治している。低酸素脳症後遺症としての高次脳機能障碍については、ここでは神経内科にさえ専門医がいない。この病院の循環器病棟に入院している必然性はないので、リハビリテーションの受け入れ先を見つけて転院する必要がある」と私に伝えました。

ところが、高次脳機能障碍が身体機能を損ねていて、転倒しやすいという様態は、珍しい症状だということでした。医療ソーシャルワーカーと何度も相談しながら、私は転院先を探しました。しかし、高次脳機能障碍による歩行困難について、リハビリテーション入院を受け入れましょうという病院が、どうしても見つかりませんでした。

一方、私は「まだ転倒することがときどきあるが、かなり歩けるようになった」という実感を持っていました。のちにはっきりするのですが、それはデパケンRやランドセンの服用量が大変多く、常に脳をリラックスさせ、病院内で転倒事故を起こさないようにしていたからなのでした。が、私は一日の服用量の限界や、その分量での長期使用による副作用の懸念について詳しく知らないまま、病院の指導に従っていたのです。

そうとは知らず、とにかく歩けるようになったと勘違いしていた私は、退院して一人暮らしを始める自信がありました。

理由あって、数年前から妻子と別居していた私はマンションで一人暮らしをしていました。しかし、その部屋は階段しかない建物の二階だったために戻るにふさわしくないものでした。幸い、平屋建ての家屋を賃貸してくれるという友人が現れ、私は退院してそこで暮らすことを決意しました。

勤務先の学校には病気休暇の届けを家族が出してくれていました。今しばらくその状態で療養し、さらに症状が安定してきたら、職場に復帰することも視野に入れていました。

私は学校という組織の仕事は正直、それほど好きではありませんでした。しかし、生徒たちとのコミュニケーションはうまくいっていたし、「先生」としての生活は生きがいのあるものだったのです。

退院するとき、友人が車で迎えに来てくれました。私はその車に乗り込む際に生まれて初めて大きな戸惑いを覚えました。おそらく身体が自由だったときは、何も考えず、先に足で車内に上がり、それから座席に座っていたのです。たぶん子どものときは、わーいと車に駆け上がって、それから椅子に座るのが一番やりやすかったのだと思います。そのままの習慣が大人になっても続いていたのです。

しかし、今の自分にはその動作がとても困難でした。どこを持って、体を安定させて、どのように踏み込めば転倒しないんでしょうか。

「先に座席にお尻を乗せたら？」

戸惑う私を見て、友人は言いました。

「そのときにウインドウの上にあるグリップを握ったらいいよ」

やってみると、私は比較的容易に車に乗ることができました。この乗り方をしたのは初めてでしたが、これが大人の正しい乗り方だったのかもしれません。そして窓の上にアシストグリップがあるのはなぜなのかも、理由が初めてわかりました。

このように体の動かし方や、施設や器具との付き合い方を一からやり直す生活が始まりました。

平屋の家屋で私は人生の再スタートを切りました。友人や卒業生が代わる代わるお見舞いに来てくれました。

特に卒業生のお見舞いは嬉しかったです。女子のグループが材料を買ってきてくれ、料理をしてくれることもしばしばでした。在校中は反抗ばかりしていた子が、身体が不自由になった私に「楽しいことは、これからもいっぱいある。私たちも遊びにくる」と言ってとてもやさしいのです。

あるとき、手をつないで近所の公園に連れていってくれました。

「先生。ブランコに乗ってみよう」

「ちょっと難しいかもしれない」

「鎖を持って板の上に座ったらいい。私たちが背中を押すから」

ブランコに乗るのは久しぶりでした。子どものとき以来だったかもしれません。

卒業生の手に背中を押されて、五月の陽光眩《まぶ》しい空に私は何度も舞い上がりました。ブランコに乗れたこと、公園に咲いている花々が耀いていること。ひとつひとつが私には新鮮で、歓びがあふれかえりました。子どもの感性に還ったようです。世界のすべてがワンダーランドでした。

鞦韆《しゅうせん》や勢い余りて鳥になる

ところがある日の宵《よい》のことでした。

お腹の空いた私は杖をついて近くのコンビニエンスストアに歩いて買い物に出ました。歩道が段になっているところなどで何度か過緊張しましたが、つかまる場所を工夫して乗り越えました。

無事買い物を済ませた帰り道、あたりはもう暗くなっていましたが、部屋はもうすぐそこです。帰ってきたという思いからちょっとした油断があり、歩き方が注意深くなく、ぞんざいになっていたのかもしれません。加えて暗がりで足元がよく見えていなかったという事情があります。そのとき、足が微かな道路の凹凸にひっかかりました。脳が過剰反応し、私の体は痙攣し、修正する方法がありませんでした。片手に杖、もう片手にコンビニの買い物袋を持っていた私はそのまま前のめりに顎《あご》から地面に落下していきました。

これが高次脳機能障碍による転倒なのです。首から下に欠損や麻痺がなくても転倒してしまう過程なのです。

顔面を激しく打ちつけました。顎がじんじん痺れています。手先も痺れていましたが、なんとかポケットから携帯電話を取り出し、一一九番しました。

退院して数週間目、私は再び救急車の車中の人となっている自分を見つめていました。

近隣の病院に搬送された私は、ＭＲＩの筒状の検査機械に吸い込まれていきました。

アウト・オブ・コントロール

転倒した際、地面に顎を打ち付け、頚椎《けいつい》を損傷していました。外科的な処置が必要なレベルというわけではなく、痛み止めだけ処方されて帰宅させられました。

急性の痛みは比較的すぐに収まったものの、そのまま手足の先が一か月以上、痺れていました。

この経験から私は改めていろいろなことを調べはじめました。

最初に確認したのは服薬量です。驚くべきことが判明しました。私が入院中に飲んでいたデパケンRとランドセンは、一日の服用量が大人の許容量の限界でした。一日にそれ以上飲むのは副作用が危険だとされていたのです。

それを退院まで二か月半にわたって続けたのは、長期連用という意味で、やや無謀でした。おそらく、病院としては院内で転倒事故を起こしてほしくないという事情が強かったのではないでしょうか。

それが、退院の際に処方された服用量は突然数分の一に減らされていたのです。そのことについて病院からは何の説明もありませんでした。

私はこの二種類の薬について、ネット上で様々に検索しました。すると恐るべき記事がヒットしました。その記事では、ランドセンの服用をやめると地獄のような自殺念慮に見舞われると書いていたのです。死にたくてたまらなくなり、そこから離脱するまで地獄のようだったと。

なるほど、脳をリラックスさせるために飲んでいる薬なのだから、それはありうると私は考えました。この記事は、ある意味では、蘇生後の私の歩んできた道筋のすべてをひっくり返す爆弾のようなものでした。

では、私が蘇生して以後、感じてきた高揚感や生きる歓び、すぐに障碍を受け入れて前向きになった気持ちなどのすべては、ランドセンの薬理作用であったのか。臨死体験から来る生きる姿勢の変化などという、美しいものではなかったのか。

そして、もし私がこの薬を断ってしまえば、私はすぐにでも死んでしまいたいと感じることになるのか。何が臨死体験による生の逆照射だ？　何が「生きていることの奇跡」だ？　この錠剤の、まるで麻薬のような効果にすぎないのではないか？

この問題はあまりにも大きかったので、私は禁忌を冒さざるをえませんでした。もしも、この薬がなければ、自分は心身ともにどのような状態になるのかを確認せざるをえなかったのです。

床に布団を敷き延べ、食べ物や飲み物を手の届く範囲に用意しました。緊急連絡用のスマートフォンも枕元に置きました。

私はその日、朝からいつものランドセンとデパケンRを完全に断薬しました。「医師の指示に基づかない突然の断薬を勝手な判断でおこなわないように」という決まり文句が、頭の中を木霊《こだま》しました。

「先にすべて説明しろよ」という反論が私の意志をくっきりさせました。

この多幸感や前向きな気持ちが、今まで生きてきた道筋や臨死体験によるものなのか、それとも「向精神薬」の薬理作用にすぎないのか。それをはっきりさせる必要に私は迫られていました。そうでなければ、あらゆることの意味が根底からひっくり返ってしまうような一大事ではありませんか。

昨夜、最後に服薬してから何時間がたったでしょうか。午後の陽ざしが部屋に穏やかに射し込む頃だったと思います。私の体はぴくぴくと小刻みに痙攣しはじめました。

実は私は「その痙攣はむしろ増幅して解放してしまった方がいいのだよ」という意見を複数の瞑想家やセラピストから聞いていました。私は徐々に大きくなってくる痙攣をそのまま認め、布団の上に横たわったまま、身体を律動させせました。この状態であれば、転倒する心配はありません。なにしろ、初めから横たわっているのですから。

私の体はバタンバタンと音がするほど布団の上で跳ね上がりました。釣り上げられた巨大な海老が地面でのたうち回っているような状態を想像してみてください。別の譬《たと》えをするならば、私はよく揺れる奇妙なジェットコースターに乗って、時空を疾走していくようでした。

融通無碍《ゆうづうむげ》の世界から、この変な病気の体に戻ってきたぞ。薬を飲まなければひたすら痙攣を続ける体だぞ。さあ、心はどうか。薬が切れると、自殺したくなってくるのか。ほら、どうなんだ。素《す》の自分はどんななんだ。来るなら来てみやがれ。それが本当なら仕方ない。

そんなことを考えながら、音をたてて激しく体を波打たせていると、やがて笑いがこみあげてきました。

なんじゃあ、こりゃあ。なんじゃ、このエネルギーの波は。すごいエネルギーが体に満ちあふれて、跳ね回る。制御不能、制御不能。この生命エネルギーは制御不能だ！

私はお腹が痛くなるほど笑い、楽しくて仕方がありませんでした。自殺念慮？　ネットに書いてあったそれはどこにある？　どこに行っちまった？　生きていることは制御不能のエネルギーが暴れまわることだ。止めようがない。どこまでも踊り続ける。この脳はちゃんと制御することを棄ててしまったんだ。だけど、これでは……私は笑い転げながら、考えました。おかしくて、おかしくて、笑いが止まらないのです。

だけど、これではこの世で生活ができない。制御しないと。この痙攣を止めて、ほかの人たちと同じように、食べたり、歩いたり、話したり、寝たり、また起きたり……生活というものをしていくには、脳を制御するしかない！

私はとうとうランドセンを飲むことに決めました。しかし、そのときになって気が付いたのですが、ベッドの周りに食べ物や飲み物、緊急連絡用のスマホまで用意していた私は、あのランドセンを手元に置いておくのを忘れたのです。

ちゃんと生活する気あるのか！　はーん？

そう思うとまた笑えてくるのをこらえながら、私は赤ん坊のように這いはじめました。ランドセンのしまってある引き出しまで必死で這っていったのです。ガタガタ音をたてながら引き出しを開け、病院の名前の書いた白い袋を取り出し、震える手で一錠ごとの梱包をちぎり、水もなしにランドセンを二錠飲みこみました。

注　ランドセン（リボトリール）の薬理作用や副作用については私の経験を一般化せず、あなたの主治医とよく相談してください。

「障害者手帳」の種類でもめる

杖をついて外出すると転倒する可能性が高すぎる。今回は頸椎《けいつい》の損傷により手足の痺れがしばらく続く程度で済んだけれども、転倒の具合によっては首から下が永遠に麻痺してしまうような痛め方をしてしまうこともありえる。

かといって、服薬量を最大限にして長期連用することは身体にとって別の危険がある。

また、たとえそうしていても、あらぬことで突然緊張すると痙攣が増幅するし、ちょっとした地面の変化に脳の運動機能が対応できず、転倒することもある。

退院直前に「治って歩けるようになった」と思ったのは誤解にすぎなかった。

実は自分はひとりで外出できない身体障碍者になったのだ。

これは私にとって二度目の障碍受容でした。やはり今回も大きな抵抗や葛藤はありません。

身体障碍者手帳が必要である。外出援助のガイドヘルパーが必要である。

私はパソコンのキーボードを叩いて必要な手続きを調べはじめました。

「調べたんやけどな…」私が福祉サービスを受けるための手順をどんどん前に進めていると、また友人たちは驚きました。

「障碍受容、速っ！」

特に福祉の仕事をしていたり、身近に障碍者がいる人の方が、人々の実態を知っているだけに、かえって驚きが大きかったように思います。

「普通はもっと、自分が障碍者になったということに抵抗するのよ。どうやらそうらしいとわかっても、障碍者手帳を取ったり、福祉サービスを受けたりすることに踏み切れない人もいるわけよ」

「えっ。なんで？　必要やん」

「必要でも、施しを受けるのが嫌だと感じる人もいるのよ」

「施し？　違うやん。これは権利やん。健康で文化的な生活。ええっと憲法二十五条やんな」

「だから…そうすっきりと思えて、すぐにそうやって行動を起こしはじめるのは、長澤さんが特別にメンタル強いからなんだけど、それすら実感がないというのは相当メンタル強いというか…もしかしたら、ほかの人の葛藤を理解するのが難しいという問題があるかもしれないぐらいだわ」

そんなことを言って、苦笑いする人もいました。

私は市の「障害福祉室」の相談員の予約をとって部屋に来てもらいました。

二名の相談員が連れ立って部屋にやってきました。

これまでの経過を説明し、

「で、身体障碍者手帳と、全身性障碍の外出援助のガイドヘルパーが必要と思うわけです」と言いました。

相談というより、もうこちらサイドで、自分で調べて、結論まで出ています。

「診断書がありますか？」市職員は尋ねました。

「はい。あります」私は部屋の床を這っていき、引き出しから診断書を取り出して、また這って座卓の近くまで戻ってきました。座卓の上に広げた診断書には「高次脳機能障害」と書いてありました。

「この診断書だと『精神障害』の手帳になりますね」

「えっ？　でも、僕が困っているのは身体障碍ですよ」

「しかし、診断書に基づいて判断しますので、『高次脳機能障害』だと、『精神障害』です」

「ええええ？　今、私がこの診断書を出すためにすら、部屋の中を這っていって取り出してきたのを見てたでしょう。私に必要なのは身体障碍者手帳です。それと外出の際に身体の困難を援助できるガイドヘルパーですね。車椅子を押したり、手をつないで歩いたり」

「はい。外出支援には、『全身性障害』のガイドヘルパー、『知的・精神的障害』のガイドヘルパーなど何種類かの資格がありますが、この診断書でご利用いただけるのは、『精神障害者』のガイドヘルパーですね」

「えええ？　歩行困難で、転倒の危険性があるから来てもらうのに？」

「これは『脳の障害』なんです」

市職員は座卓の向こうに二名並んでいたのですが、口を揃えてそう言い、譲りません。

「自分が脳の障碍というのは、僕は本人だから嫌というほどわかっていますよ。でも、その結果、歩行困難なんですよ。現にひとりで出かけたら、頚椎を損傷して危険だったのです。だから、今後必要なのは、身体障碍者手帳と全身性障碍のガイドヘルパーですよ。特に全身性障碍のガイドヘルパーはすぐに必要です。いなければ、この部屋から買い物のために外出することもできません」

「ただね。お気持ちはわかりますけど、『高次脳機能障害』は『脳の障害』で、『脳の障害』は『精神障害』なんですよ」

「お気持ちとかではなくて、現実なんですよ。僕の言っていることが本当にわからないんですか。マニュアルの方ではなくて、目の前にいる人間を見てくださいよ」

ある意味では、この世に投げ返された私の前に立ちはだかっていた一番大きな障碍は、人間の作ったシステムが、具体的なひとりひとりの実態を無視して、ただただマニュアルに沿って動いているという社会の現実でした。

この書物は私が障碍者としての権利を、社会のシステムやマニュアルとどのように闘って、獲得していったのかを描くのが主眼ではありません。その長い物語はいつか別の文章に書くことになるかもしれませんが、今回は割愛します。

いろいろな苦労はありましたが、私の症状は、脳に残った「低酸素脳症後遺症」「高次脳機能障害」から来る運動機能の不全があるものであるという診断をしてくれる脳の専門医との出会いがありました。そして、低酸素脳症後遺症としての「体幹障害」であるという診断書が下りました。

こうして私は「身体障害者手帳　三級　運輸一種」と書かれた手帳を発行されました。三級というのは首から下に欠損や筋肉の欠如、関節可動域の不足などがないため、比較的軽い等級です。しかし、あまりにも転倒しやすいために「運輸一種」であるというのが、私の手帳の特徴でした。

そのため私は電動車椅子を市から支給され、主な交通機関を介助者を伴って二人とも半額で利用することができるようになりました。

ちょうどそのころ、私の実家から弟一家が転出することになりました。私は友人に借りていた平屋建てから、子どもの頃に過ごした懐かしい実家に引っ越しました。自分の家ですから、必要なだけ手すりなどを設置しました。

お風呂も念入りに手すりを設置し、一人暮らしでもひとりで入浴できる体制を整えました。

こうして私は室内を手すりを頼りに移動し、外出の際は電動車椅子を用いるという生活を始めました。

脳はどこが破壊されたか

私の主治医は、高次脳機能障碍に関しては大阪府で一番権威があるともいわれていた府立の医療センターのW医師となりました。

W医師は、それまでの経過を表情一つ変えずに聴いて、すべて理解しました。まるで、よくあることだとでもいうように。

W医師は、高次脳機能障碍の患者との付き合いに長けており、その症状の人からの信頼も厚い人でした（現在は医療センターを定年退職し、開業していると聞いています）。

投薬に関しても、W医師の考えと指示はとても実際的でした。

「私の場合、この量を飲んでいると、車椅子や手すりがあれば、そして外出の際は介助者がいれば、日常生活を送ることができます」

「なら、それでいいですよ」

「入院中はデパケンRの血中濃度を定期的に確認していましたが、そうしなくてもよいのですか」

「はい、効いていればいいです」

データよりも実感が大事だという意見を医者から聞くのは初めてでした。

「それで、少しずつ減薬しながら、身体をリハビリしていきたいのですが」

「それは大事です」

「この認識で合ってますか」

私は自分の減薬計画を話しました。

「ランドセンは頓服として三十分ほどで効いてくるので、調子が悪いときに必要量飲むようにしながら、試し試し減らしていっていい。デパケンRは、毎日の使用量を体が気づかないほど、少しずつ少しずつ減らして試してみる」

「それで合ってます。生活の質が大事です。どちらの薬も、何もしていないときに、座っていても勝手に体が痙攣してくるほどには減らさないでください。自分が今実際にしているライフスタイルが保てるなら、試し試し減らしてみて、次回に報告してください」

彼は医学の知見を振りかざすのではなく、対等な人間として相談に乗ってくれるという実感が私にはありました。

「ところで、あなたの脳はどこがどのくらい破壊されてしまったのか、画像診断ではほとんどわかりません」

その彼が言い出しました。私は返答しました。

「どの病院でもそう言われています。心肺停止時間の長さから見て、奇跡的に脳細胞が保持されていて、画像ではほとんど破壊部分が見つからないと」

「はい。それで、知能テストと心理テストをしてみてはどうかなと」

「なるほど。画像でわからない脳の状態を調べるんですね」

「はい。一度、徹底的に調べるのが望ましい。テストは三日間かかります」

「三日？　入院できますか」

「このテストのための入院はできません。通ってください」

こうして私はその病院で三日連続の知能テスト、心理テストを受けることになりました。

本当にやりたいことだけして生きる

三日間の知能テスト、心理テストは、休憩や食事を挟んでいたため、思ったほどハードではありませんでした。

臨床心理士が採点したすべての評価をもとにW医師が、私にその結果について説明したのは、一か月後の次の診察時でした。

動作性IQ、短期記憶にやや問題があるというのは、テストのときの自分の様子を覚えていた私にとって予想どおりでした。

しかし、苦笑してしまったのは、最大の問題は「人とのコミュニケーションが不可能である」という評価です。人と相互理解を保ってコミュニケーションすることについての点数があまりにも低いというのです。

「テストの結果では、それは運動能力より深刻な問題だ。そのまま診断書を書くなら、人とのコミュニケーションが不可能なので、職場への復帰は不可能だということになる」というのです。

「そもそもひとつひとつの問いの意味を理解していない。まるで違う話を始めてしまっていて、しかもそれが緻密で長い。ちなみに言語性IQは130ある。これは異様に高い。数学的能力はちょうど100で年齢平均。これは高度な問題を解く能力ではなくて、単純な計算を連続しておこなってもミスしない確率のことだが…」

自分は数字は苦手で嫌いだと思っていたので、それが年齢平均と聞いたのは、少し安心しました。

「私の観察では…」と言って、医師は私の目をのぞき込みました。

「あなたの性格では、テストの問い方や有効性に疑問を感じて、答えるよりも問いのあり方自体を論評してしまったのでしょう」

「ふっ」

私は拳を口に当てて下を向きました。

「しかし、臨床心理士はテストの結果をルールに沿って査定しているから、点数は異常に低くなる」

間を置いて、医師はもう一度繰り返しました。

「とにかく…テストの結果では、あなたは高次脳機能障碍のために職場復帰は不可能です」

ひとりになってから、言い渡されたテスト結果について考えたのは、次のようなことです。

私は、原因になるような疾患が見つからない身体で突然の心室細動を起こして、臨死体験をした。このまま意識を回復せずに必ず死ぬと言われていたところ、奇跡的に蘇生した。

高次脳機能障碍という後遺症が残り、転倒しやすい身体（身体障碍）になり、人とのコミュニケーションは不可能（精神障碍）なので教職への復帰はできないという診断を受けた。

ところが「宇宙」は、私の言語能力については一切破壊せずにそのまま残した。つまり、教育公務員の仕事は不可能になったうえで、言語能力はそのまま保持された。以上の経過から、私が何かのメッセージを受け取るとするなら、それはどうしても次のようになる。

残りの人生を表現活動中心に、本当にやりたいことだけをして生きなさい！
再び、今度は本当の死が訪れて、あのやすらぎだけが満ちた世界に還るその日まで。

第三章

障《しょう》碍《がい》だらけの娑《しゃ》婆《ば》の耀《かがや》き

釜ヶ崎という娑婆《しゃば》

釜ヶ崎という地域への特別な思いの始まりは、実は幼少期に遡ります。まだ私が幼くて、その地域について見たことも聞いたこともなかった頃です。

小児喘息の発作のために週の半分は小学校を休んでいた私に母親は「あんたは体が弱いから、しっかり勉強して、いい会社に入らなあかん」と言って、学校を休んでいた分、遅れをとらないように勉強を教えてくれました。

母は、電電公社（現在のＮＴＴ）の勤務から帰ってくると、調理をしていた祖母に合流して、食卓に夕食を並べます。家族で夕食を済ませ、片づけたあと、さあ、八時ぐらいから私に勉強を教えはじめるのです。

そのときに私は母親から釜ヶ崎という言葉を初めて聞きました。

「ちゃんと勉強して、いい会社に入らないと、釜ヶ崎に行って、土方仕事を探さないといけなくなる。そやけど、あんたは体が弱いから、仕事にあぶれるか、仕事に付いていけなくて死んでしまう。いいか、そやから、勉強するんやで」

これではもうその地の名前は象徴的次元に至ってしまうではないか。だが、幼い僕にとって、その地名が何か恐ろしい地獄のようなイメージと結びつくことはありませんでした。

むしろのちにゴダイゴの「ガンダーラ」という曲を聴いたとき、妙に自分の心のどこかで「釜ヶ崎」と響きが重なる感じがしたのは、いったいどういうことだったのでしょうか？

初めて釜ヶ崎の三角公園を訪れたのは、心室細動《しんしつさいどう》で倒れるほんの二か月前、越冬闘争という名前の「お祭り」をしている最中でした。

炊き出しをしている一方、小さな野外ステージでは、様々なミュージシャンが音楽を演奏しています。公園の真ん中には火が焚かれていて、ホームレスも含む多様な人々が暖をとっています。

その光景を見ながら、私は「やはりここだったのだ」という不思議な感覚に捉えられていました。

臨死体験から生還してのちに、私は何冊かの書物を上梓しましたが、そのうちの一冊が『浄土真宗の法事が十倍楽しくなる本』（銀河書籍）です。

その中、私は『阿弥陀経』を釈迦が説いた「場所」について次のように訳しました。

「ここは、ギダ太子の所有する園林です。ギッコドク（給孤独）という、孤独な人々に炊き出しの活動をしていた人が、お釈迦様に寄進した土地です」

そこで釈迦は、往生したあとに至る極楽とはどのようなところであるかということを描写する『阿弥陀経』を説いたのです。

仏教の経典には、すべて序分という前書きがあり、釈迦がいつどこで誰に向かってこの教えを説いたのかが説明されています。この経典が説かれたのは、この釜ヶ崎のようなところではないかと私はこの部分を訳しているとき、強く意識していたのです。

では、釈迦はその場所でどんな人々に向かって極楽浄土の様子を説いたのか。

そこには釈迦の十大弟子ももちろんいました。

人々は釈迦の十大弟子といえば、私たちには手の届かぬような賢者ばかりだと思い込みがちです。

しかし、そのひとりひとりの抱えたカルマ（業）をつぶさに見るとき、十大弟子とは実は選りすぐりのエリートなのではないことがわかります。

むしろ、のちの私たちが、自分自身と重ね、こんな自分にも解放されていく道がある、誰にでも開けていく道があると感じるために、十大弟子はその存在が経典に描きこまれているのではないのかと思えてくるのです。

知的障碍《しょうがい》のあったシュウリハンダカ。過去生の牛の匂いが強くて避けられがちだったキョウボンハダイ。色黒で容貌が醜いことに悩んでいたカルダイ。

子ども時代を思い出すとクラスにそんなやついたなあと思いだしたり、あ、それは自分のことだと思ったりする人もいるのではないでしょうか。

それどころか、すべてを記憶するが、理解することができないアーナンダもある種の発達障碍だったのかもしれません。数学に特別優れていたコウヒンナもアスペルガー症候群だったのかもしれません。

長い間教員をした私は、教員としても、そのような多様な生徒に出会ったものだという思いがあります。

それらの人々が、ふだんからこの園林での炊き出しに集まっている貧しく孤独でよるべない人々と共に、死んだ後に行く世界についての釈迦の説教を聴いたというのです。

臨死体験の後、用のあった市役所や病院、買い物や図書館などの身近ななじみの場所以外のところへ出かけるチャンスが巡り合わせてきたとき、私がまず最初に車椅子で訪れたいと思った場所。

それが釜ヶ崎だったことには、何かしら必然性のようなものさえ覚えるのです。

障碍があってもなくても

臨死体験を経て、電動車椅子ユーザーとなった私は、久しぶりにこの娑婆の代表のような懐かしい町を訪れました。

二〇一四年の夏祭りがおこなわれる日でした。

車椅子に座ったまま、公園で身近な人と話していると、自分にとってこの場所が以前よりもさらになじみやすい場所になっているように思えました。

車椅子がある種の通行手形のようにして、私をこの町に吹き寄せられてきた人間のひとりとして自然に見せているような気がしたのです。学校の勤務を休みはじめてからの無精髭も功を奏していたかもしれません。

しかし、自分ではそれはコスチュームプレイのようなもので、一種のインチキであると感じていました。私はここの本当の住人ではありません。


ラッパーのＳＨＩＮＧＯ☆西成《にしなり》のファンが徐々に集まって来はじめました。年齢層も若く、ファッションも今の若者風の人が増えてきます。

人気のあるＳＨＩＮＧＯ☆西成のステージは混雑して、私の車椅子からは見えにくくなるので、早い目に飲み物だけ持って、最前列に詰めました。若い男女がすでにあたりを占めはじめていました。その中に車椅子の青年がいました。私が挨拶すると、脳性麻痺なのでしょうか、彼は体をくねらせながら笑い返しました。

その周辺に数名の若い男女がいて、彼の友人だと名乗りました。友人みんなで彼を今日のお祭りに連れてきた、ＳＨＩＮＧＯ☆西成のステージは特に楽しみにしていると言うのでした。

私が一番長く教員をした大阪府Ｈ市の小中学校では、できるだけ障碍のある生徒とその他の生徒が同じ教室で一緒に学ぶ「統合教育」が、何十年来おこなわれてきました。

小さな子どものときから、様々な個性の子どもと一緒に障碍のある子も教室にいるのが当たり前なのです。

子どもですから、ともに過ごす中で何の遠慮もなく、転げまわるようにして過ごします。そんな中で彼らは互いに相手のできること、できないこと、付き合い方を学び、友だち関係を築いていくのです。それは、大人になってから初めて障碍者に出会った人が、「どのように接したらいいだろうか?」と戸惑いながら、「善意」に基づくものであれ、施しのようにして手助けするのとは異なる「自然な関係性」なのです。

今、目の前にいた車椅子の青年とその周囲にいた「友人です」と名乗る人たちは、そのような自然な関係性を築いているように見えました。

私の勤めていたH市ですら、小中学校時代こそはそのような友だち関係の中で過ごしても、中学を卒業すると、進路先が異なり、「分断」されてしまうのが現状でした。

その課題に重きを置く中学教員は、「○○くんを囲む会」といったものを組織することがあります。卒業後も障碍のある子を囲んで、中学のときのクラスメートが集まり、一緒に過ごし、楽しむのです。

私はそのような教員時代の取り組みを走馬灯のように思い出していました。今、目の前にいる青年たちは、そのような教員の取り組みさえ越えて、自然につながっているのだろうか。そんな中、友だち同士として、今日は一緒にここに来たのだろうか。だとしたら、とても素敵なことだと思えました。

えええぇ！　全部一緒くた？

すっかり日も暮れて、SHINGO☆西成のステージが始まると、若者たちがステージ前列に圧をかけるほどに殺到し、ラフなパーカーで現れたSHINGOが歌いはじめました。

「『生きる』っていうこと」という曲は、私が心室細動《しんしつさいどう》で倒れる以前、同じこの場所で聴いた曲です。「いろいろあるが、生きるっていうことは、それだけで素晴らしいことなんだ」ということを歌っています。

SHINGOの歌の多くは、西成区の釜ヶ崎の地に生まれ育ったことから、湧き出してきた「底辺からのラップ」です。この曲もその例外ではないのですが、そこから離陸して一種の普遍性に達している曲のひとつです。

あのとき、あのまま死んでいたら、再びここでこの曲を聴くことはなかった。こうして、数多くの若者と一緒に歌ったり叫んだり同じリズムで手を振ることもなかった。今、生きているからこうしているんだという思いが極まると、私はいつのまにか車椅子から立ち上がっていました。

お腹ほどの高さのステージに、車椅子の肘掛けをぎりぎりに付けると、そこに安全な空間が生まれます。前方をステージに、両側を車椅子の肘掛けに、後方を車椅子の座席と背もたれに守られています。なので、万が一、よろけても車椅子に座りこめばいいのであって、転倒してどこかを強打することはまずありません。

というよりもそれ以前に、これだけの人の群れ、混み具合になってくると、すでに人々の柱がどちらに倒れることもできないように私を支えてくれているのです。肩は両側の人に当たっているし、車椅子なしに後ろに倒れてもそこにいる人の体の前面が私を受け止めるでしょう。その後ろにも人が居ることはドミノ倒しが起こることを意味せず、私ごときの体重は確実に支えられてしまいます。

密集した仲間の群れの中にいれば、私は立って踊れるのです。無数の人々に囲まれていれば私は安全に立ち上がることができるのです。両足で大地を踏みしめたまま、首や手を振り、私は狂ったように踊りました。またこうしてライブで歌を聴いて踊っている。生きている。それだけでこみ上げてくる歓喜が体を貫きます。

「最後の曲です」というMCと共に、ステージに勢いよくなだれこんで来た人々がいました。二台の車椅子がステージ上を軽々と走り回ります。白杖を持った男女が人に手を引かれて歩いてきます。とても小さな人、太った人、松葉づえで体をくねらせながら歩いてくる人、ダウン症特有のおぼこい表情の人、女装しているフリフリのスカートの男性。

彼らがどっとステージ上に現れたときのパワフルで収拾のつかない混沌！

その漲《みなぎ》るエネルギーは今までに感じたことのないものでした。

彼らは様々な障碍のある人や、ない人が共に踊るチーム「ダンスバリアフリー」と紹介されました。客席から歓声が上がる中、音が鳴りはじめ、ＳＨＩＮＧＯが歌いはじめます。

あらゆる存在がひしめき合っているそのステージは、私の心の中にあった無意識の垣根のようなものをバリバリと破壊していくようでした。

えええええ！　全部一緒くた？

それは臨死体験で観た何の障碍もない清澄《せいちょう》な覚醒とちょうど反対の極にあったと言えるのかもしれません。ありとあらゆるカルマと障碍が無数の異形の華となって、この娑婆世界に咲き乱れ、一緒に踊っているのです。

これが娑婆だ。これが生きているということだ。

私はそう思うと感極まって、泣いてしまいました。見ると、車椅子上の脳性麻痺の青年も拳を突き上げて踊りながら笑っています。友人たちが、数名で彼を抱えはじめました。そして神輿《みこし》をかつぐようにしてステージ上に上げてしまったのです。

彼はそのままステージにぐにゃりと座り込みましたが、のたうち回るように踊りはじめます。その無定型な動きも、歌や音、ダンスバリアフリーのダンスと交響していきます。

これが、私の「ダンスバリアフリー」との出会いでした。

帰りの電車のホームで、さっきステージ上にいたと記憶していた人たちに会いました。

私は車椅子で近づいていくと尋ねました。

「ダンスバリアフリーの方ですよね？」

「そうですよ」

「さっきのステージよかったです」

「ありがとうございます」

「あのう、あのチームにはどうしたら入会できるんですか？」

私はおずおずと尋ねました。

「ああ、ぜひ一緒にやりましょう」

ダンスバリアフリーに入会することは、こうして一瞬で決まりました。

役に立つとか、立たないとか

ダンスバリアフリーの練習は、大阪城近くのＮＨＫセンターや、長居の「障がい者スポーツセンター」などを借りておこなわれました。

私は当時五十四歳で、ほとんどのメンバーが私より若者でした。もともと福祉関係の仕事の方なんでしょうか、世話役をしていた数人のメンバーが比較的、私に近い年齢のように感じました。

メンバーの障碍の様態は多様でした。支援教育の経験で障碍者との付き合いには慣れてはいましたが、先生と生徒ではない中での関係の作り方に最初は戸惑いもありました。距離感がうまくつかめなかったのです。

しかし、そのうち、知的障碍や精神障碍の若者たちの振る舞いに私は癒され、彼らの中に溶け込んでいきました。

「食べる?」と言って、持ってきていたお菓子の袋を差し出す女の子。初めから対等に振舞ってくれるのがとても気が楽でした。

ダンスの指導者くわっちは、それぞれの障碍の特性を活かして、それがかえってプラスになるようにダンスのアレンジを工夫していました。

目の見えない仲間、耳の聞こえない仲間、大きい音が苦手で音楽に合わせて踊るのに防音のヘッドフォンをしている仲間もいます。

目の見えないはずのTは、仲間の声やその位置から判断しているのか、いつもほぼ正しい動きをするので、「ほんまは見えてるんやろ」といつも温かくからかわれていました。彼がそのように動けるのは、周囲の仲間たちが与えている安心感からだと私には見えました。

私は車椅子に座ったまま上半身で踊ったり、部分的に立ち上がったり、人の援助で車椅子を離れることにも挑戦しました。安全に配慮しながらも、各自の最大限の自在な動きを引き出すことに、くわっちの精力は注がれていました。

練習が終わって、本来は会議場だった場合など、元の通りに机を並べるなどの作業が必要なときがありました。私は車椅子に座ったままほとんどその作業を手伝うことができませんでした。

仕方ないこととはいえ、申し訳ないと思い、「役に立たなくてごめんねー」と自然に声を上げました。すると精神障碍の女の子が突然、ちょっと素っ頓狂な声で「長澤さんは、いつもみんなの役に立ってます。とっても役に立ってます！」と叫びました。

とても唐突な発言でした。ただ、私が「役に立ってない」と発言した瞬間に反射的に出てきたような言葉でした。

「役に立つ」とは何か。そこからは一冊の思想書さえ書くことが可能です。

一見、役に立っていないように見えるものが、関係性の中で果たしている役割や、存在自体が持つ意味。

人間から微生物に至るまで「役に立つ」という言葉は実に多様な羽を有しています。

しかし、このとき彼女が「長澤さんは役に立ってます！」と叫んだのは、そんな考察の上のものではない。ただやむにやまれず、とっさに叫んだだけのものだったと思います。

その約二年後の二〇一六年、神奈川県相模原市の知的障碍者福祉施設で殺傷事件が起こりました。県立「津久井やまゆり園」の元職員が、「役に立たない」「お荷物になるだけの存在」として入所者十九人を刺殺しました。

以来、私は自己紹介を求められると、「元教員」とか「文筆業」とか中途半端なことを言うのはやめました。

「無職の障碍者」と堂々と名乗ることにしました。

その後、Ｃｏｖｉｄ19によるパンデミックが騒がれ、トリアージ（治療優先順位）について多く論じられるようになりました。

また不治の病におかされた際の尊厳死の問題についても、いろいろな角度から論じられる機会が増えました。

各種のシンポジウムなどで私も発言する機会はありましたが、実のところ、そんな際、私の脳裡に通奏低音のようにして響いていたのは、どのような思想的な組み立てよりも以前に、あのときひとりの女性が叫んだ「長澤さんは役に立ってます！」という、理屈抜きにすべてを引き裂いて屹立《きつりつ》するような言葉でした。

この世に生を受けた者の全員が、無条件に、天啓として受け止めてもよい言葉ではないでしょうか。

あらゆる命の耀《かがや》き

いったい、どのような命が生きるに値し、どのような命が生きるに値しないのか。

実はそのような問いを立てること自体が、ある時代以降の日本の政治家たちの思惑に誘導されてしまうことです。

私は中学校の教員時代に書いた次の文章をここに挿入しておきたいと思います。

これは福井県若狭町の『のこすことば　明日へ　未来へ　第五集』（かもがわ出版、二〇〇七年）に掲載されたものです。


「生きていてよかったなぁ」


その年、中学三年生のクラスの副担任をしていた僕は、修学旅行で、自分が副担任しているクラスではなく、A君のいるクラスに付きそうよう学年会議で配置された。

養護教育のキャリアを買われたのか？　Aは重度のダウン症のため、言葉によるやりとりはほとんどできなかった。だが、持ち前のやさしくひょうきんなキャラクターもあって、クラスメートからは「Aちゃん、Aちゃん」と親しまれていた。

中学卒業後は養護学校に進学する予定だったAにとって、この修学旅行には他の生徒以上に大きな意味があった。生まれたときから、地域で共に過ごしてきた友人たちとの最後の旅行になると思われた。

修学旅行の最後の夜、担任のT先生は、ぜひAに皆と一緒にお風呂に入らせたいと言った。

手術で人工肛門をつけていたAはいつ便をするかわからなかった。特にお風呂は温かく、リラックスして体も緩んでしまうのか、湯船に便をすることが多かった。

そのため、この二日間は皆と一緒に大浴場に入るのは控え、教員が交代で部屋の小さなバスで介助しながら入浴させていたのである。

しかし、今夜を逃せばもう、Aは幼いころから一緒に野山を駆けまわった地域の仲間と一生一緒にお風呂に入ることなどないかもしれない
短い時間、クラスメートと一緒に湯船につかるだけなら、Aなりに体が自然に状況を理解して、便をせずに上がるかもしれない。

それに賭けてみようとT先生は言った。

クラスメートの誰も反対しなかった。

それはT先生のふだんからのクラスづくりが成功しているからだ。

クラスには、Aを排除する雰囲気や逆に特別扱いする雰囲気はなかった。日常の学校生活でも、介助の係を決めて交代制にしなくても、自然にそのときに気づいた生徒が、必要な助けを行っていた。

また、子どもたちは、Aが言うことを聞かず、授業の邪魔になるときは、遠慮なく「うるさい。黙っとけ」などと注意したりもした。クラスメートに注意されると、人の事情を察したAは、静かにすることが多かった。

何よりも幼稚園、小学校、中学校と、それを当たり前のこととして過ごしてきたのだ。よくも悪くもAだけを特別扱いするのではなく、クラスメートのひとりとして接してきたのだ。

その長い蓄積の上に今日の修学旅行がある。

だから、Aが授業中にときどき便をして、先生に介助トイレに連れていかれるのを知っているクラスメートの誰も、同じ湯船にAが入ることに反対しないのだ。

T先生が洗い場でAを介助して、頭や体を洗い、僕が脱衣場で待機して、出てきたAを拭いて服を着せることになった。

脱衣場で待っていると、浴場からは賑やかに談笑する生徒たちの声が響いていた。

(皆と一緒にお風呂に入る。こんな当たり前のことがもうすぐできなくなるんだなあ)

「N先生〜」

「はぁーい」

「そろそろで」とT先生の声がした。

僕が脱衣場でバスタオルを広げて待ち構えていると、がらっと引き戸が開き、「お願いしまーす」というT先生の声とともに、Aが胸のあたりで両手をヒラヒラさせながら飛び出してきた。

僕は広げたバスタオルでそんな彼を受け止めた。

ほかの誰かの体をバスタオルで拭くのは、自分の子どもの小さかった頃以来のことだ。「懐かしい感覚だな」と思いながら、まず髪の毛をタオルにくるんでごしごし拭いていると、Aは満足げに口をもぐもぐさせて微笑んでいる。

「よかったなぁ。皆と一緒にお風呂に入れて」

僕は言葉に出してそう呟きながら、今度は体を拭きはじめる。

と、Aの胸の真ん中には、ざっくりと鉤状になった手術の傷跡があった。見るだけで痛々しい。脇をあげさせて横腹を拭くとそこにも別の手術跡があった。

命にかかわるたくさんの障碍を抱えてAは生まれた。生まれてすぐにいくつもの手術を受けて命を取りとめた。それからも何度も、追加の手術を受けた。

その話はお母さんの手紙に託されて、クラスで朗読されたことがあった。

僕も十九歳のときに両肺を手術したことがあった。術後の麻酔が切れた後は、一晩中、鉛の壁に押しつぶされるような痛みと苦しみに責めさいなまれながら嵐にもまれる小舟のようだった。こんな痛みというものが存在するなら、初めから生まれないほうがマシだったとさえ思った。

体にメスを入れることは、十九歳の大の男にとってすら、それほど辛いことだった。

それなのに…。

僕はAを拭きながら、赤ちゃんだった頃の自分の子どもの小さな体を思い出した。産まれたばかりのあんな華奢《きゃしゃ》な体に次々とメスを入れなければいけなかったのかと想うと、いたたまれない気持ちになった。

「手術、痛かったやろ。辛かったやろ。なんでこんな目にあうのか、わからんかったやろ」

「でもなあ、いっぱい手術をしてもらって、命を取りとめて生きててよかったなあ」

「今日、皆と一緒にお風呂に入れて、ほんまによかったなあ」

脱衣所でAとふたりきりだった。言葉のわからないAにそんなふうに言葉をかけながら拭いているうち、涙がこぼれてきた。そんな僕の気持ちを知ってか、知らずか、Aはゆでだこのようにほてった顔で、幸せそうに微笑んでいた。(引用終わり)

私は十代の頃にインドの瞑想の師匠(グルと呼ばれる)バグワン・シュリ・ラジニーシに、あるがままの自分の姿を宇宙と一如のものとして感じる境地に導かれ、師事するようになりました。

しかし、バグワンは晩年、次のような発言をしました。


「もし子供が盲目、あるいは奇形児として生まれたら、もし子供が聾で、唖で生まれたら、しかも私たちにできることが何もないとしたら……。ただ生命は亡ぼされるべきではないというだけのことで、ただこの愚かしいあなた方の考えのために、この子供は、七十年も八十年も苦しまなければならないことになる。どうして無用な苦しみを創り出すのかね？　もし両親が望むのなら、その子供は永遠の眠りにつかせるべきだ。そしてそれには何の問題もない」（『大いなる挑戦――黄金の未来』バグワン・シュリ・ラジニーシ　めるくまーる社、一九八八年）

この言葉を読んだとき、私は彼と訣別することに決めたのです。

もしも、この言葉のとおりに産まれたばかりの障碍者が殺害されていたら、私の参加していたダンスバリアフリーの仲間のあの人もこの人もメンバーの中にいません。一緒に踊ることができていません。

いや、ほかならぬこの私も、蘇生後に身体障碍が固定するとわかった段階でもう一度永遠の眠りにつかせるべきだとなったでしょう。あるいは、それ以前に脳細胞の破壊の程度から見て、無用な延命は本人や周囲の苦しみを長びかせ、病床を圧迫するとして、知らないうちに人工呼吸器を外すのが妥当だとされてしまったかもしれません。

しかし、私のダンスチームには車椅子で軽快に走り回る敬愛するべき先輩がいました。目が見えないTくんは「見えてるやろ。見えてるやろ」と言われながら、目を閉じたままにこにこ笑っていました。彼は練習が終わってビールを乾杯するとき、「かんぱーい」

という声の聞こえる方向に笑顔で見事にグラスを合わせてきました。

発達障碍と診断されている人たちの中には、学校や職場で人間関係がうまくいかず、この仲間の中でだけ寛《くつろ》ぐことのできる人もいたことでしょう。

私や彼らの人生に幾多の苦しみがあろうとも、あふれくる歓びもまたあるのです。私の出会った生徒たちや、ダンスチームの仲間の人生を勝手に不幸と決めつけるようなバグワンの言葉は、私には視野狭窄《きょうさく》なだけではなく、根本的な誤りがあるように感じられました。

それは、この娑婆《しゃば》世界とはもともとありとあらゆる障碍に満ちているものだという認識の欠如です。

すべての障碍は、私たちの多様なるダンスのためのモチーフなのです。

私は、臨死体験において完全に無碍なる世界を知ることで、以前よりもはっきりと、宇宙のその仕組みを知るに至ったのです。

踊る万華鏡《まんげきょう》

ダンスバリアフリーの活動を広く披露する機会には何度も参加しました。大阪城野外音楽堂でおこなわれた「つながらーと」という名前のイベント出演のことはよく覚えています。「つながらーと」自体が、障碍のあるパフォーマーと「健常者」のパフォーマーが垣根を越えて同じイベントに参加して「つながろう」という趣旨のお祭りでした。

私たちダンスバリアフリーは、フラッシュモブという形でパフォーマンスを開始しました。会場のあちらこちらに、普通に潜んでいる人たちが突然、演者になるというものです。観客として、障碍のある観客の介助者として、またイベントのスタッフとして、なにげなく存在していたその場所から、突然、パフォーマーに切り替わるのです。

会場中のあちらこちらから、いきなり立ち上がったパフォーマーたち。その時点ですでにパフォーマンスは始まっています。最初のうち、誰がパフォーマーなのかはまだ判然としていません。

が、「ダルマさんがころんだ」というステージからの子どものMCに合わせて動いては止まる人々がいることに人々は気づきはじめます。

私たちはいつでもどこにでも潜んでいます。街の中で、職場で、学校で、公園で、自分のすぐ隣に、障碍があって困難と闘っている人、それを援助している人、何も気づかず自分に没頭している人などなどが混在して、出会うことなく過ごしているのです。

フラッシュモブという開始の仕方がそれを可視化します。

私自身はというと、普通に舞台袖に他のふたりの車椅子のメンバーと共に待機していました。ステージに登るのが困難だから初めから袖にいる、というあり方をこの年には越えられなかったのです（しかし、翌年には会場から現れた車椅子ユーザーが、他のメンバーの背中の上を後転してステージに上がるという新しい登場方法も「開発」されました）。

私は他の二人の車椅子ユーザーと少し違っているところがありました。それは、手をつないで安心感を与えてもらえると少し歩けるという点でした。そこで私だけは、車椅子をあらかじめ所定の位置にセッティングして、メンバーに手をつないでもらって舞台袖から現れる形を取りました。「ダルマさんがころんだ」に合わせて歩いては立ち止まり、立ち止まっては歩きながら、自分の車椅子にたどり着くのです。

フラッシュモブが始まると、私はメンバーのひとりに手を引かれてステージに姿を現しました。ところが、「ダルマさんがころんだ」というMCのたびに立ち止まるという歩き方は私には普通に歩くよりもずっと困難でした。なぜなら、それは私の脳がだんだんリズムをつかみ、波に乗って歩くことを何度も何度も寸断したからです。私は立ち止まり、また最初から脳に「歩くよ」という指令を出し、何度でも一から歩くという動作をぎこちなく始める必要がありました。

そのとき、私の目にステージ上に這っていた音源のための黒いコードが飛び込みました。それは私の身体能力からして踏まないで越えることに無理はないはずでした。しかし、薄い灰色に近いステージの地面に真っ黒なコードが分断するように渡っているその光景は、私の高次脳機能障碍の脳には、そこで世界が二つに分断されているようにさえ見えたのです。この分断線は練習のときには存在しなかったものです。それがまったく新しい要素として突然現れ、私にどれほどのパニックを引き起こすかは誰にも予測不可能なものだったのです。

何度も体を停止し、再び足を運んでリズムに乗る前にまた停止する。それを繰り返すうちにいよいよ黒いコードによる「世界の分割線」は近づいてきました。

障碍＝バリアとは何でしょうか。それはそれぞれの生きる世界においてその人自身にとって壁となる、ありとあらゆる限界を意味しているのです。そして無碍＝バリアフリーとは何でしょうか。私の経験した臨死体験の世界は、どのような意味においても何の壁もない融通無碍《ゆうづうむげ》なる世界でした。しかし、生きている限りこの娑婆には完全な無碍というのはありません。ただ、人と人が援助しあう関係として関わりあうとき、あらゆる障碍は乗り越えられ、無碍なる世界がそこに開かれるということがままありうるのです。

私は黒いコードの前で立ち止まりました。援助者の手を握っている手に自然に力がこもり、汗が滲みます。ほかの人にとっては何でもないただの音源用のシールド。しかし、高次脳機能障碍の私にとっては、まるで世界を二つに分断しているように見えるその壁。その壁の向こうに集合しなければ、私は仲間と一緒に踊ることができないのです。

私は援助者の手を握り、震える足を持ち上げます。「ダルマさんがころんだ」。片足が限界を突破しました。ストップ。次の回が壁を超えるときです。「ダルマさんがころんだ」

超えた！

仲間と踊るために私はその世界を分割している線を、痙攣する足で乗り越えたのです。それがどんなに大変なことだったかは、誰にも知られることがなくても。

ＳＨＩＮＧＯ☆西成が登場し、バリアフリーについてＭＣし、ラップを始めます。私は仲間と共に踊りはじめます。

皆が互いを支えにして自分のそれぞれのバリアを超え、踊っています。目の見えない男の子は周囲の気配を頼りに自分の位置を定めて踊っています。大きな音が苦手な精神障碍の女の子は防音のためのヘッドフォンを装着して、それでも漏れて入ってくる音が怖くて涙を流しながら、でも、仲間と一緒に踊りたいから踊っているのです。

これがダンスバリアフリーです。この障碍だらけの娑婆において、人と人が関わり合いながら創りだす融通無碍なる踊りの万華鏡《まんげきょう》なのです。

光の紋様を織る

私は電動車椅子でいろいろな場所に出かけるようになりました。

生きているこの世の街はバリアに満ちていて、歩道のわずかな段を越えるにもいちいち困難がありました。そのたびに私は通りがかりの人に声をかけ、手伝ってもらうことを覚えました。

もともと周囲の人たちと挨拶したり、コミュニケーションしたりすることのあまりない自分でしたが、援助してもらうという必要性が生じたために、人との交流の回路が太くなったという面もありました。

私は以前から強い関心を持っていた「さをり織り」の教室にも電動車椅子で通いはじめました。就労支援Bの枠組で、糸代などの実費のほかは無料で「さをり織り」を習うことができました。

私の通った「さをり広場」の広々とした室内には、何台もの足踏み織り機が並んでいて、様々な障碍をかかえた人たちが作業に勤しんでいました。

部屋の壁は三方が何段もの棚になっていて、そこに様々な材質、色の糸が並んでいます。私たちはそのめくるめく「色の見本市」の中から好きな糸を何種類も選んでカゴに入れ、自分の織機に戻ってきます。

細かい手間のかかる作業は「経糸《たて》の準備」でした。一本一本を小さな穴に通し、さらに隙間から落とします。この準備が整えば、後は好きな横糸を通しては、足を踏みかえ、ぎゅっと手前に押さえて織り込む作業を繰り返していくだけです。

私はその原理を学び、あまり何も考えずに最初の作品を織って、思いもかけない色合いの織物が仕上がるまで、この「さをり織り」を楽しみました。

しかし間もなく私は頭を打ちました。

実のところ、手先が不器用なのは、小さなマイナスにすぎませんでした。いや、私よりずっと身体障碍の具合が大変な人も、いろいろな器具を使ったり、指導者に援助されたりして、良い作品をたくさん織っていました。

私がぶつかった壁は、私が「無心に織ること」ができないということでした。

教室には何人かの「天才的な」織り手がいました。

私の見る限り、そのほとんどは知的障碍や精神障碍をもった人たちでした。彼らはすべてを直感に従って進めているように私には見えました。実際彼らが織っている姿をしばらく見つめていると、まるで踊っているように見えました。

それは作品のコンセプトを考察し、それに基づいて糸の色や材質を選び、仕上がりを予想して経糸と横糸を計画的に織りなすといったようなやり方とは、根本的に違うところがあるように見えました。

彼らは脳の定型的な思考パターンに囚われていないようでした。良い作品を織ろうとして頭の中に設計図を書くという通常の脳の用い方は、最初から放棄されているのです。

歌を創ることがある私は、人に「曲ってどうやって生まれるの？」と聞かれることがあります。しかし、旋律は天から降ってくるとしか応えようがありません。あるときはバイオリンの音色で、あるときはフルオーケストラで。

「どうやって？」を超えていることを日本語で無心と言います。「どうやって？」それが必要のなくなった世界を日本語で「無碍《むげ》」と言います。

私が通っていたのは、創始者である城《じょう》みさをが開いた、さをり織り教室の総本部「さをり広場」でした。そこではときおり、「無心に織る展」と呼ばれる作品展覧会が開かれます。そのネーミングは正鵠《せいこく》を得たものだと感じました。「無心に織る」それが「さをり織り」の原点だと想えたからです。

「さをり広場」にはふたりだけ、作品に不思議な紋様の出る織り手がいました。

透明な海の浅瀬に眩しい陽光が突き刺すと表面の波は陰影を描いて、底の砂地にその波紋が映ります。その光の波紋のようなものが、織物に浮き出て、実際に常にゆらゆらと動くのです。

その織り手は、ふたりとも知的障碍がありました。

言葉で自分を自在に表現できないもどかしさを別の回路で解放するかのように、彼女たちは舞うようにしてさをりを織ります。

そのとき、出てくる不思議に揺らめく波紋。

あるとき、「健常者」である指導者たちが話し合っているのが私の耳に聞こえてきました。

「この波紋は、AちゃんとBちゃんとだけに出るのよね」

「どうやればこの波紋が出るのかしら？」

「わからないわよね」

世界を代表するさをり織りの指導者たちにも、それは「どうやって」するものなのか、わからないのです。自分すらわからないのだから、人に教えることもできないのです。

しかし、波紋の織り手たちは平然と無心に織っています。

「何を織っているの？」

私が尋ねると、最低限の言葉で答えてくれることがあります。

「海の生き物」

「へえ」

私はその大きな織物を見つめます。だんだん、南国の海の浅瀬のように見えてきます。そこには名前を知らない様々な不定型な生き物たちがうごめいているようです。目をこらすと、アメフラシがすすっと、砂底を横切りました。

「すごいね」

私はこの「美しい詩」について、それ以上のことが何も言えません。

詩と書きましたが、実は詩文というのは「言葉の織物」です。文も章も和語では「あや」と読む言葉で「綾」という漢字に戻すこともできます。

「綾」とは表面に浮き出た得も言われぬ紋様のことを言います。その文《あや》と章《あや》がさらに縦横無尽に織りなされて作られる紋様が文章です。

私もそのようにしてこのエッセイを織ろうとしているつもりです。

ただ、人には得意、不得意があるようです。私には「さをり織り」は向いていなかったように思います。あるいは、何かが開花するまでにあきらめて、「これではない」と思ってしまうだけの「縁」しかなかったのかもしれません。

無心に歩くことすらできなくなった私は、無心に織ることができない自分に直面し、さをり広場を去りました。

しかし、そこで学んだことは心の底に静かに沈んで、私の生死の織物に陰影をもたらしてくれているように思います。

生きるとは光の紋様を織りなすことです。

そして死の瞬間に、織って織って織りきった末に完成した織物が、壮大な絵巻物として一瞬の光芒の中でその全体を煌《きら》めかせます。

その直後、それは透明な光の中に溶けて見えなくなります。

車椅子の旅

電動車椅子が私にもたらした行動の自由は、ほとんど無限だと言っても過言ではありません。

私は二十代の頃、世に言う「バックパッカー」でした。大きなリュックを背負って、アジア、ヨーロッパ、アメリカ大陸など各地を長い期間ひとり旅していました。

結婚して子どもが産まれてからは、しばらくその習慣は途絶えました。

しかし、教員時代にも米国の日本人学校に三年間勤務したことがあり、その際にも休暇を利用して、アラスカを含む全米、カナダ、メキシコ、ジャマイカなど北米・中米を中心に家族旅行をしたりしました。

どちらかというと旅好きの人間です。

身体障碍者となって、電動車椅子で移動するようになったことは、旅には不利な条件であったことは否めません。

一方、車椅子に乗るようになった頃には、私の子どもたちは成人し、それぞれ独立した生計を立てていました。

また、すでに妻とは離婚していました。

そして、臨死体験からの生還を経て、不自由になった体で教職を続けることは、最終的には断念しました。

卑近な話、収入などは激減したのですが、その代わりに「時間持ち」になったということができます。

放浪の旅への意欲がふつふつと蘇《よみがえ》ってくるのを覚えました。少なくとも時間的にはそれが以前よりもたやすい状況になっていました。

こうして私は「電動車椅子で旅をする人」になりました。北海道や沖縄など、国内の旅での「腕試し」を経て、外国にもひとりで行けるという自信も出てきました。

この原稿の執筆時点で、電動車椅子で行った外国はまだ韓国と台湾だけですが、その経験は、貴重なものとなりました。

韓国には一九八〇年代、かの国がまだ「軍事独裁政権」だった頃に旅行した経験がありました。四十年近く経って私は再び、今度は電動車椅子で韓国に旅立つことにしました。

そのときの経験を短い文章にまとめる機会がありました。

以下にそのエッセイを転載します。

「無数の見知らぬ手　～車椅子旅行で感じた韓国人の心～」

私は五十三歳にして心臓発作の低酸素状態の後遺症のため、身体障碍となった。

若い頃からバックパッカーだった私はそれでも旅をあきらめられなかった。

電動車椅子を手に入れた私はいくつかの国内旅行の後、外国へのひとり旅に挑むことにした。

その時、最初に選んだのが韓国の釜山である。韓国語の初歩を勉強していた私は、ＳＮＳの韓国ファンのページでのやりとりから、釜山の地下鉄がすべてバリアフリーであることを教えられたのだ。

大阪南港からフェリーに乗った。

十五時に出港。夕食を食べてショーを見て眠る。

朝の十時には釜山国際フェリーターミナルに到着した。

そこから電動車椅子で十五分ほど走ると、釜山駅だった。そして隣接した地下鉄によって、釜山中にバリアフリーで移動することができた。

お隣の国がこんなに近く、しかも不自由のない旅ができるなんて！

バリアフリーが進んでいるのは地下鉄だけではなかった。

たとえば海辺に行くと波打ち際の近くまで車椅子でも行ける遊歩道が設けてあった。また水族館で障碍者割引の表示があったので、試しに日本の障碍者手帳を見せると有効であったのも驚きだった。

心のバリアフリーも進んでいた。

段差があるところや急な坂道などで戸惑っていると、すぐに誰か彼かが走ってきて、手伝ってくれた。

地元の大阪でも声をかけると助けてくれる人はいるが、この「気づいたらすぐに向こうから走ってくる」というところに韓国人気質があるのではないかと感じた。

あるとき、私はミスで地下鉄の自動改札を出られなくなった。

通りがかった女性に駅員を呼んでくれるように頼んだ。五分ほど待っただろうか。駅員と一緒に戻ってきたその女性は「長く待たせてごめんなさい。不安だったでしょう」と言って、なんと涙を浮かべていた。私自身よりも気持ちに思いを馳せ、心配し、涙まで浮かべてくれている。

ああ、韓国人の感情が激しいと言われているのはこのことなんだと私は実感した。

別のあるとき、私はふとした不注意で車椅子ごと転倒してしまい、額を打って、出血した。

通りがかりのたくさんの手が車椅子を起こしてくれた。誰かが私の額にティッシュを当ててくれている。

「ケンチャナヨ（ありがとう、もう大丈夫）」私は覚えたての韓国語で言って動きはじめた。

眼鏡が歪んでいたので眼鏡屋に行くと無料で修理してくれたうえ、日本語のできる人が薬局に案内してくれた。薬局では「消毒薬付きのバンドエイドがいいでしょう」と言って、店員が額に貼ってくれた。

ショッピングセンターなどで私が通る間、ちょっとドアを押さえておいてくれた手を含めると、私はこの旅で無数の韓国人に助けられた。

もう顔も思い出せない無数の見知らぬ手。

私たちのアジアには千手観音という美しく象徴的な菩薩像がある。

私にはその「千手」とは、たとえば、この旅で出会い、私を助けてくれた無数の見知らぬ手のことではなかったかと思えてくる。

そう思うと、今でも心が温かくなる。（引用終わり）

これが車椅子で最初の韓国旅行でした。その後、台湾にも行きました。台北のＭＲＴと呼ばれる地下鉄もすべてバリアフリーでした。車椅子の乗車コーナーも広く、常にたくさんの車椅子ユーザーが乗車しているのが、常識になっているのを感じました。また故宮博物院など主な観光地で、日本の身体障碍者手帳が有効で、無料になりました。

人々も親切で、ちょっとでも立ち止まってグーグルマップなどを見ていると、近づいてきて、援助してくれました。片言でもこちらがその国の言語を学んでいてよかったと感じることもしばしばでした。

私は勇気を得て、現地情報を集めながらも少しずつ世界中を電動車椅子で旅してみたいと感じるようになりました。そこで感じた、社会や人々の車椅子への接し方への違いなどの文化論も大切な書き物になると思いました。

残念なことに折からのＣｏｖｉｄ19の流行で、世界の旅の計画は途中で大きな変更を余儀なくされました。

しかし、その間に今度は、北の果ての利尻島から、南の果ての波照間島、西の果ての与那国島まで日本国内のたくさんの地域を車椅子で訪れました。

この地球という星に生まれて死ぬまでの間に、いったい私たちはどれだけの光景、人々、生き物、場面に出会い、観たり、感じたり、触れたり、食べたり、食べられたり、心を交流させたりすることでしょう。

臨死体験で観たように、死んでしまえばそこは完全な安らぎの世界ですが、もう具体的な何かに出会ったり、対立したり、傷つけあったり、優しくしたりされたりもできなくなります。

『なんでも見てやろう』という往年の小田実の書物のタイトルが頭の中を木霊《こだま》します。すべては生きている間だけです。車椅子の私が旅していくと、戸惑う人や、面倒なことになったと思う人もいるかもしれません。しかし、それも含めて、すべては生きている間だけの触れ合いです。

私はこれからも、旅すること、出会うこと、交流することを死ぬまであきらめないで生きていくつもりです。

第四章

生死を超えた世界に母を見送る

母の認知症と脳の不思議

むしろ、私よりずっと元気でしっかりしていた母の認知症が急に進んでいきました。

あるとき、こんなことがありました。

母から電話がかかってきて、自分が今気になっている子や孫の状況について三十分くらい話しました。私はとにかく聞くだけ聞きおいて電話を切りました。するとその五分後ぐらいにまた電話がかかってきました。そして、母は「久しぶりね。どうしてるの?」から始まって、五分前と同じ話を始めました。

「さっき、電話してきたばかりだよ」と言ってもけっして受け入れないのはわかっていたので、私は母の話をそのまま聞いていました。

すると驚いたことに、母はさっきの電話と言葉の細部に至るまで完全に同じことをもう一度繰り返したのです。私はかなり注意深く聞いていましたが、一字一句まったく同じでした。三十分の長きに渡って、助詞のひとつも変更せずに完全に同じことをもう一度言うのは、ある意味、大変特殊な能力です。しかも、それをつい先刻にも言ったことを本人は自覚していないのです。私は母の脳がまったく新しい状態に突入したのだと感じました。人間の脳というものがいかに不思議で怖ろしいものであるかを思い知りました。

私は弟に電話して「もう母は一人暮らしは無理だ」と伝えました。

迷っているうちに母が内臓の病気で手術する必要が出てきました。その手術のあと、一人暮らしのマンションには戻らず、そのままその病院の関連の老健施設に入所しました。病気はまるでひとつのきっかけを与えてくれるためだけに生じたようでした。

その老健施設では、母は身の周りのことを自分でしっかりできる部類の入所者に数えることができました。母は入所者のリーダー的存在になり、生き生きしていたように思います。

しかし、母はこの施設ではしっかりした人がいないから、もっとしっかりした人もいるところに移りたいと言い出しました。あと、もう少しゴージャスなところに移りたいという希望も持っていました。

高卒で当時の電電公社に就職し、日本の高度成長期を通じて定年まで働いた母にはそれぐらいの経済力はありました。亡くなるまでにそれを自分で使いきるのは母の自由だと、（息子である）私たち兄弟は思いました。

高くつくけど、まるでホテルで生活しているような、比較的豪華な施設を見つけました。体験入所した母は「ここに移る」と言いました。

ただ私には一抹の不安があったのです。ゴージャスで至れり尽くせりの環境で、母は自分で創造的な生活を創り出せるタイプではない。自らの母を見送り、次いで夫を見送り、夫の死後も、百歳まで生きた（認知症が強度だった）姑を見送ってきた母は、介護介護で大変だったのですが、その間は自らの認知症が進むことはありませんでした。

ですが、世話をする対象がなくなってから、急激に自らの認知がおかしくなっていったと私は観ていました。だから、なんとなく「至れり尽くせり」はまずいという予感がしたのです。

しかし、最後ぐらい、本人の希望通りでよいのではないかという思いの方に押されて、兄弟で施設移転を手伝い、手続きしました。

ところが、悪い予感は的中し、母はその施設に移ってから、急激に衰えました。まず足腰が立たなくなりました。ホテルのような施設を自在に自分で歩いて利用するのではなく、車椅子に乗って押してもらうようになりました。

しかも、この施設ではベッドから車椅子への移乗の際、通称「ポパイ」と呼ばれる機械を使っているのも気になりました。これは介助者が腰を痛めないために開発されたものであり、介護される側からすると人肌に触れずに機械的に扱われることを意味しているように見えました。

私は母が再び歩けるようになることを信じ、アレキサンダーテクニークの講師を施設に連れていって、身体の使い方のレッスンを受け続けるように手配しました。しかし、どのくらいの効果があったのかは、よくわかりません。むしろ、その講師を連れてくるために私が施設にやってくるということが生活の刺激になって、それが認知症の進行を遅らせることに役立ったのではないか?というのは、少しは実感があります。

母の孫である、私の息子や娘（すでに成人）もときどき連れていきました。

しかし、あるとき施設から、脳梗塞の疑いがあるので病院に連れていっていいかという連絡がありました。

おっぱいあげるの、最後やから

母の脳梗塞はすぐに命に関わるようなものではありませんでした。しかし、それ故にこそ、長い闘病生活が始まりました。

母の入院生活は何度かの転院を挟みながら、三年の長きに渡りました。完全に寝たきりの生活になりました。ほとんど物が食べられなくなり、誤飲による肺炎死を避けるための胃瘻《いろう》については悩みましたが、ついに踏み切りました。

見舞いに行き、ベッドサイドに佇《たたず》むと、私の手を握ってただ「助けて」と繰り返すだけでした。「もう死んでしまいたい」というういわゆる「安楽死」を望む母の言葉は、このような状態になる以前、施設にいる頃の方がよく耳にしました。

にっちもさっちも行かなくなってからは「死にたい」とは言わなくなり、ただ「助けて」と繰り返すのでした。

しかし、この場合「助ける」「助かる」というのがいったい何がどうなることなのかは、本人はもちろん周囲の誰にもわからないのでした。どのような立派な宗教家にもわからないような気すらしました。

病院で弟に会ったとき、今の母とどのくらい「会話」が成立するか、互いの経験を話し合いました。弟が、犬のことを英語でドッグ、猫のことを英語でキャットだとわかっていると言い出しました。

私は母に「おかあさん、犬のことは英語で何？」と聞きました。母は間髪をいれず「ドッグ」と言いました。

続いて「猫のことは？」と聞きました。

「えっ？」

「おかあさん、猫のことは英語でなんて言うの？」

母は目を宙にさ迷わせました。考えているようです。思い出しにくくなっているのか。

私たちは応答を待ちました。

挙句の果てに母は「にゃんこ」と言いました。

これには私たち兄弟も大笑いでした。「にゃんこ」は母が私たち兄弟を大笑いさせる台詞として人生最後のものとなりました。

自分の産んだふたりの息子が大笑いしているのを母はきょとんと見つめていました。

ほんの数年前、心室細動で倒れ、様々な医療機器でベッドに縛り付けられていたのは私の方でした。しかし、私は回復を進め、体力も取り戻しました。転倒しやすいという他は五十代なりの体力、知力を取り戻し、電動車椅子で旅をするようにもなりました。以前から私は宗教学や絵本などの本は書いていたのですが、臨死体験から蘇生してからは、その経験も踏まえた小説や仏教書も計三冊上梓しました。

老いというものは怖ろしいもので、母の身体は、状況をもう一度反転させる力を持っていないようでした。

ゆっくりと確実に坂を滑り落ちるように生命力を失っていきました。

ベッドサイドに居ても、母は「助けて」と左手を伸ばし（右手は麻痺して動かないし感覚もない）、私にできることはそれを握り返して「大丈夫」と繰り返すことだけでした。

何がどのように大丈夫だというのでしょうか。しかし、まったくの虚言というわけでもありません。臨死体験を経て私には、生死を貫いてすべては「大丈夫」なんだという死生観が染みわたっていたのも確かなのです。

私の息子と娘、母にとっての孫が見舞いに来ることもありました。しかし、あれだけかわいがっていた孫のことが、母はそれほどぴんと来ていないように見えました。息子や娘は言葉で対話することのほぼできなくなった祖母を見つめて、手持無沙汰にただ困惑します。

いつものように弟と病室で出会い、代わる代わる母の手を握っているときでした。母がいきなり手を振りほどいて「ここへ来て」と自分の胸に手を置きました。ここに頬を寄せろというのです。

「え？　そこ？」

病院の浴衣がほんの少しはだけて、もともとそう大きくなかった母の乳房がほとんど平らであることが布の上からわかります。

「そこはなあ」

「もう、おっぱいあげるの、最後やから」

母の話した言葉としては、最近では最も長く、そして明瞭なものでした。自分がこの世に生まれてきて、ふたりの息子を産んで育てたことは、母にとって最期まで何かしらの重みや意味を持っていたのかもしれません。

私と弟は顔を見合わせました。さすがに照れるよなあという表情を弟も浮かべています。しかし、母に残った、数少ない、この世での望みです。

私は母の胸に頬をそっと寄せました。はーっと母は息を吐きました。

弟にも交代しました。

それが最後のお別れとなりました。

0葬　これからの葬儀

またすぐにでも見舞いに行こうと思いつつも、車椅子でバスに乗車しなければいけない私はついつい期間が空きがちでした。

そんなある夕刻、病院から「危篤状態です。すぐいらっしゃってください」という電話がありました。

すぐに電動車椅子に乗って駅のロータリーまで行き、バスで病院に向かいました。

看護師詰所に声をかけてから、病室に入っていくと、母は人工呼吸器を口にはめたままでした。しかし呼吸は停止しているようでした。母につながれた計器を見るとすべての波形が水平に止まっていました。

心肺停止状態のようです。

家族到着の知らせを受けた医者が病室に現れました。彼は計器をちらりと見ると、母の手首に指を当て脈を確認しました。それから母の顔に近づき、人工呼吸器を外しました。母は目を閉じて眠っているようでした。

医者はその瞼を指で開くとペンライトを当てました。瞳孔散大を確認しているようでした。このときにはもう私は確信していました。すべては確認の儀式であり、母はもう死亡しているのだと。

医者は自分の腕時計を見て時刻を読み上げ「ご臨終です」と言いました。実際に死亡した時刻ではなく、医者が確認した時刻が、ひとりの人間の死亡時刻となり、それが死亡診断書に記録され、歴史になるのです。

覚悟は決まっていたので、私は取り乱すことはありませんでした。母はもう逝かせてくれと願っていて、私はその声に、表面上の気持ちはともかく、意識の深いところでは、うなずいていたのです。

医者は合掌して去っていき、後は看護師と打ち合わせました。病院の霊安室に移すか、すぐに葬儀社が引き取りに来るのか、実務的な話が始まりました。病室に安置できるのは何時頃までかと尋ねました。その日の深夜までは大丈夫ということでした。

私は、では今夜中に遺体を引き取ると言いました。

まもなく弟が病室に到着しました。弟も覚悟が決まっていて、取り乱すようなことはありませんでした。ただ静かに手を合わせました。

今後の打ち合わせのため、ふたりで談話室に移動しました。

弟が鞄をあけて、葬儀社に積み立ててある金額や、いざというときの各種プランやその費用などが書かれたパンフレットを取り出しました。仕事からいったん自宅に戻り、すぐに書類などを用意して、車で駆け付けたのです。

私はその書類にざっと目を通すと「いらない」と言いました。

大学・大学院で仏教学を学んだ私は経典などを研究した結果、葬儀というのは欺瞞《ぎまん》であると確信していました。

その確信は自らの臨死体験によって、さらに深まっていました。

ところが、そのとき弟の携帯が鳴り響きました。葬儀社から電話がかかってきたのです。詰所で看護師に葬儀社について質問され、応えたためのようでした。

母の身体は遺体という「物体」となり、病院は誰がいつ引き取りにくるのか、ベッドはいつ空くのかを算段しており、葬儀社は死の匂いを嗅ぎつけるとすぐ群がってくるハイエナのように私には感じられました。

私は弟から携帯電話を受け取り、葬儀社の担当者と話しました。

「どのプランも必要がない。火葬の日まで霊安室に安置することだけが必要です。それでいくらになりますか」

「プランはセットになっていまして、霊安室に安置だけということは出来かねます」

「貴社を選ばないとき、積立金はどうなりますか」

「契約者様のご親族の万が一の際にお使いいただけますが、しかし…」

私は携帯電話を口元から放し、積立金は弟の一家の関係者の誰かが使うように話をつけました。

電話口に戻ると、葬儀社の担当者は、

「とにかく病院の方でもお困りと思いますので、ただいまより遺体を引き取りに参ります」と話を進めようとします。

「しかし、プランや料金についての話が合わないので」と言うと、

「このままお電話では差し支えありますので、それは明日以降にじっくりと膝を詰めて

お話をさせていただきたい所存でございます。今はひとまずご遺体を引き取りに参りまして…」

「あなたのところでしないと言っている。遺体を人質にするつもりか」と私は語気を強めました。

「あの……」

「とにかく、来なくていい」

私は携帯電話を切って、弟に返しました。

「霊安室と火葬だけのプランに応じる葬儀社があるはずやな。反対する者が誰かおるかな。おらんようやったら、そういうふうにできる会社を検索していいか」

弟は私の目をじっと見つめました。

「読経は僕がする。何もわかっていない僧侶よりずっとええ。あの安らぎと解放だけの世界に送り届けるから何も心配すんな」

実は読経をしなくても、母はすでにそこに解放されていると私は確信していました。しかし、見送る側の納得と慰めのためにその手順は必要だというのが私の考えでした。

「わかった。任せる」

死後の世界を経験したと語り続けてきた私の言葉に、弟はそう同意したのでした。

私は自分のスマホで、葬儀社を検索しました。ほとんど私の考え通りに進められそうなプランのある葬儀社はすぐに出てきました。

私はその会社に電話し、自分の考えを言いました。

「霊安室に安置中にどなたもご遺体にお会いできないということでよろしいでしょうか？」

「いや、数少ない親族がお別れを言いに来られるようにしてほしいのです」

「何名くらいでしょうか」

「五名から多くて十名ぐらいです」

「そのようなお部屋をご用意させていただきます」

葬儀社は火葬手続き代行、火葬までの費用を含めて、いくらになるか言いました。

霊安室で親族が会える部屋を選んだ分だけ、少し高くなりました。

また「骨は拾わない、0葬をするので骨壺はいらない」と言ったのですが、その葬儀社ですら骨壺はセットになっていて、外すこともその分を料金から引くこともできないと言われました。

参考のために読者の皆様にお知りおきいただきたいのですが、そのようにした場合で、葬儀費用は火葬費用やその代行手続き、すべて合わせて十三万円ほどに収まりました。不本意だったのは骨壺はいらないというのにセットから外せなかった点だけです。

家族葬というものが広がりを見せている現在ですら、最後まで日本人の心に根深く残っているのが遺骨信仰でしょうか。そのために最後まで「セット」から外れていないのが骨壺だったのです。

遺骨信仰のため、人々はお墓を「先祖」から受け継いだり、新たに用意したりします。あるいは散骨という道を選ぶ場合も、森林葬、海洋葬、樹木葬などの長短に悩みます。しかし、遺骨信仰がなければそのようなことは一切不要です。

いったい、人々は本当に遺骨といったものに何か霊や魂のようなものが宿ると信じているのでしょうか。

いずれにしろ、遺骨の大部分は「産業廃棄物」となります。いわゆる「お骨拾い」で骨壺に入るのはごく一部です。それを最後のよすがとするのは、遺されたものの側の「センチメンタリズム」と言わざるをえないのではないでしょうか。

私には遺骨信仰はまったくありませんでした。

あの完全に解放された生死を超えた世界と遺体や遺骨には何の関係もありません。そのことを私は自分の経験として深く信頼していました。

寺と縁を切る

父は六十五歳にして食道癌で亡くなりました。その際、私は母に「あの僧侶を呼ぶのは反対だ。自分たちで見送ろう」と言いました。

高校生ぐらいから自分で哲学書や仏教書を読むようになった私は、旦那寺の臨済宗の僧侶と法事の際に議論するようになりました。ときに父が「もうそれ以上は言うな」と私を制止しました。

インドの瞑想家や、日本の禅や念仏の思想に親しむようになった私は「高校を卒業したら、インドに瞑想の修行に出る」と言い出しました。

両親は猛反対をしました。

「現実に仕事をもって生きていかなければいけない。そのことが考えから抜け落ちている。大学には行くべきだ」と私を説得しました。私もまだ子どもだったので、両親からの一切の後ろ盾もなしに家を飛び出すまでの、力も勇気も持ち合わせませんでした。

「僕の好きな禅の大家の鈴木大拙も教授をしていた大谷大学で禅や念仏を学ぶのなら行ってもいい。それ以外の学問には、意味を感じることができない。ほんの一瞬、生きて死んでいくのに学校の勉強に意味を感じられないで生きてきた。高校までは我慢してきたが、もう解放してほしい」

それが私の主張でした。

両親はその大学は評価できないとしながらも、教職免許を取得するのなら、そこへ行ってもいいと言いました。

私の方もなんといっても自分で生活する経済力がなかったので、両親との妥協点を探っていました。

「わかった。文学は好きなので、国語の教職の免許を取る」と答えました。

こうして、大学で仏教学を学ぶようになった私は、実際その学問には深く惹かれていきました。

その間に休みなどを利用して、インドやアメリカに旅をしました。いずれも、グルと呼ばれる瞑想の師匠たちを訪ねてのものでした。

そんな私は、ますます日本の宗派仏教がいわゆる「葬式仏教」に堕《だ》しているという批判を先鋭化させていきました。法事に来る旦那寺の僧侶とは、ますます犬猿の仲となり、話すらしないようになっていきました。

そのような二十年にもわたる経過を経て、私は父の死の際、僧侶を呼ぶことに反対したのです。

しかし、母は「お父さんの喪主は私がする。ここまでは私にさせて。そのあとは、あんたに任せる」と言いました。

父の葬儀はそれなりに盛大なものだったと思います。院号のついた戒名も授けられ、母はそれに高いお金を払いました。

院号について相談している母に僧侶は「司法書士という立派な仕事をされ、寺院への貢献も果たされておりましたので、院号をつけることは問題ありません」と話しました。母との約束があったので、私は黙っていましたが、それは私が経典で学んだ仏教とは何の関係もない、むしろそれに反する考え方だと思って聞いていました。

そもそも、そんなことを決める何の権限が僧侶にあるというのでしょうか。

貧しい家庭に育ち、高卒後、進学する余裕などなかった父は電電公社に就職し、そこで母と出会い結婚しました。そして、私と弟のふたりの息子をもうけました。

私が小学生のころ、一念発起して、独学で司法書士の資格を得ました。

日本の高度成長に歩調を合わせていたことも関係しますが、私たちの家庭は徐々に経済的に豊かになっていきました。

父の乗る車が、買い替えのたびに豪華になっていくのを私は横目で見て育ちました。

しかし、自分で物を考えるようになった思春期以降、父を「俗物」として反抗した時期もありました。

私の幼い頃、まだ自家用車を買うことができなかった父は、やっとのことで手に入れた自転車を日曜日になるたびにうれしそうにピカピカに磨いていました。そして、幼い私を荷台に座らせて、サイクリングに連れていってくれるのでした。

あの頃が一番幸せだったのではないでしょうか。

ある日、父の自転車の荷台に乗って歯医者に出かけました。帰ろうとして、駐輪した場所を見ると、自転車がありません。盗まれていたのです。

父は私を交番に伴い、盗難届を出していました。警察官に「見つかるでしょうか」と尋ねています。警察官は「さあ、難しいでしょうねえ」と正直に答えていました。

蓮根畑の間を行く長い道のりを、すっかり肩を落とした父の後ろに付いてとぼとぼと歩いて帰った光景を覚えています。

今、僧侶が院号の資格があると語った中身は、父の人生の具体的な姿をほとんど何も知らない他人のたわごとにすぎません。

「この寺と一切の縁を切る」腹は決まりました。

父の葬儀のあと、私はすぐに檀家をやめようとしました。

が、母は「あんたがそう言うなら、法事にはもう来てもらわないが、先祖の墓の整備代だけ納めるというのでどうか」と私を宥《いさ》めました。

実はお墓という存在自体が、私の仏教についての知見に反しました。

しばらくの妥協の年月ののち、母の認知症が進んだ時点で、私は行動に移りました。

多くの人が、旦那寺と縁を切るのは大変なことだと信じ込まされています。江戸時代の寺請制度に始まる日本仏教の歪んだ歴史がその背景にあります。

しかし、私が旦那寺と縁を切るのは、電話一本で十分以内に済みました。寺と私たちには法的に有力な契約など何もありませんから、意志をはっきりさせるだけでよいのです。

電話で私は「あなたの寺の檀家をやめる。墓は破棄する」と住職に告げました。

「墓を破棄するのなら、霊《たま》抜きのための費用がかかります」僧侶は言いました。

経典の研究から、私は死後の個的な霊魂といったものをまったく信じていませんでした。

私は「それはあなたの信仰かもしれないが、私には何の関係もない」ときっぱり言いました。

思春期の頃から私と何度も言い合いを経てきた僧侶は、あっさりと主張を引っ込めました。

たったそれだけで、私は日本の宗派仏教というものとすべての縁を断ち切ったのでした。

ですから、母が亡くなった時点で、私たちには旦那寺もなければ、お墓もなかったのです。

「ぜんぶ、自分たちでやろう」私はそう弟に言いました。

手づくりのお別れ会

母の病室に戻りました。病院が衣服を着替えさせ、薄化粧をしてくれています。遺体の手を握り、病室の天井を見上げます。

私の臨死体験では、一気に全宇宙に光る蝶が舞い広がりました。が、ゆっくりとしたプロセスを歩んでいるとするなら、今、あの天井の辺りから母は自分の遺体と傍らのふたりの息子を見下ろしているかもしれません。

三十分もすると、地元の小さな葬儀屋が遺体を引き取りに来ました。エレベーターにストレッチャーを乗せて上がってくると、手際よく運び出し、駐車場に置いてあった車の後ろからスライドさせて積み込みます。

看護師たちが何人か見送りに来ていて、車が出発するのを一緒に合掌して見送ってくれました。

翌日、霊安室の位置と開室可能な時間帯を葬儀社に確認すると、必要最低限の親族にだけ連絡を取りました。

約束の時間は午後の二時〜五時でした。指定された場所に行くと、国道沿いに小さなプレハブ風の家屋がいくつか並んでいました。そのうちのひとつが、面会可能な霊安室になっているということでした。葬儀社の担当者が時間通りに現れて部屋の鍵を開けてくれました。畳敷きで数名が集まることができるスペースがあり、その奥に白い化粧布に覆われた棺が安置されていました。

棺の前には簡素な花が添えてあり、線香立てがあります。「では五時ごろ、鍵を閉めに参ります」と言って葬儀社の女性はいったん退きました。

棺の窓は開いていて、母の顔が覗けます。私はその顔と一対一で対面しながら、ふたりだけしかいない部屋で最期のときを過ごしました。

戦火の中、近くに落ちた焼夷弾の炎に焼かれてしまいそうになるところ、蒸し熱くなってきた防空壕から、赤ん坊だった母を抱いて飛び出して逃げたのは私の祖母です。炎を突っ切って逃げ切らなかったら、母は死んでいて、私が産まれることも、私の子や孫たちが産まれることもなかったのです。

私が幼いとき、母と銭湯に行くことが多かったのを覚えています。

幼いながらに耳年増だった私はあるとき、脱衣所で母に尋ねました。

「お母さん、ベトナム戦争って、原爆使うの？」

「いいや、原爆は使わへん。そやけど、他の残酷な武器をいっぱい使うねん」

「どんなん？」

母は特別詳しいわけではなく、想像をめぐらして言っただけだと思いますが、こう言いました。

「うーん。機関銃から弾がいっぱい飛び出してな、人間が蜂の巣みたいに穴だらけになって死んだりな」

そのときそばで親子の会話を聞いていたどこかのおばさんが目を剥《む》いて私たちを見ました。幼い子どもに向かって、なんという残酷であからさまな表現をするのだろうと思ったのかもしれません。

前にも述べましたが、母は思ったことをそのまま口にする傾向の強い人でした。このときも、ベトナム戦争の残酷さをきちんと認識させようとかそのような熟慮の末ではなく、ただ目に浮かんだ光景をそのまま口にしたに違いありません。

しかし、幼い私は直感的に理解したと思います。ベトナム戦争というのは、人として絶対にしてはいけないことをアメリカという国がよその国に攻め込んでやっているのだと。全身に鳥肌が立ち、それはダメだ！と思いました。

別のあるとき、これも銭湯の脱衣所だったと記憶しますが、風呂上がりに服を着ながら、対話しました。

「おかあさん。ヒッピーって何？」

「うーん。自然のままに生きるのがいいという考えの人たちでな。ベトナム戦争に反対している」

「え」

幼い私は心を震わせました。

私が驚いたのは、テレビなどではヒッピーとフーテンの違いがよくわからず、何か汚らしい恰好で自分勝手な生き方をしている人々のように描かれていたからです。

母のこの言葉を聞いたとき、私はその認識を根本的に改めました。

「自然のままに生きる」のも「ベトナム戦争に反対する」のもとても正しいと思いました。

のちに「高校を卒業したらインドに行って瞑想の修行をする」と私が言い出したとき、母も父と一緒になって反対しましたが、実のところそうするのが最もまっとうな人の道だと考える種を、幼い私の心に植えたのは、母の言葉だったのです。

そんなことをあれこれ思い出しながら、瞑目している母の顔とふたりきりで対面していると、そこに最初に到着したのは、母の妹とその娘（私の従妹）でした。

「明日には遺体は火葬されてしまうねん。遺骨は一切拾わないつもりやから、何もかも宇宙に還るねん。遺骨もお墓もなし。そうすることに反対意見はない？」

と私は叔母たちに確認しました。

「ああ、そんでええ。そんでええ」

叔母は言いました。

インドで瞑想して過ごしていた日々、ヴァラナシーでは川岸で火葬されている遺体がめらめらと燃えながら、空に立ち昇っていくのを見ました。毎日、毎日、たくさんの遺体が焼かれ、空に立ち昇っていきました。

その灰はガンジス川に投げ込まれ、亡くなった人はそれによってモクシャと呼ばれる完全な解放へと放たれたのだとヒンドゥー教徒たちは信じていました。

「ほな、最後のお別れや。棺桶の窓から顔見たって。何でも最後に言いたいこと言うたって」

私が言うと、自身かなり衰えの来ている叔母は、従妹に肘のあたりを支えられながらよろよろと棺に近づきました。

「ほら、おかあさん。ここからおばちゃんの顔が見えるわ。きれいな顔してはるわ」

従妹に言われて場所を譲ってもらうと叔母は、棺の窓から母の顔を覗き込みました。私の産まれる前の、自分たちの幼い時代の話から、たくさんの思い出を叔母は語っていました。

続いて叔母は、母の顔が一番見える位置を従妹に譲りました。母が産んだ子どもは私と弟の男ふたりでした。そんな折に叔母に女の子が産まれました。

「おばちゃんは、私にとっても初めての女の子やと言うて、よう可愛がってくれたなあ」と話していいます。従妹に向かって「初めての女の子だ」と言っていたとは、亡くなってから初めて聞いた台詞でした。

このようにして縁の深かったものたちの長い対話、お別れをした時間は、形式に沿って葬儀社が進行する葬式よりもずっと意義の深いものに思えました。

やがて、私の娘や息子など、来る予定だったものたちが揃いました。

私は改めて自らが現代語訳した『般若心経《はんにゃしんぎょう》』や『正信偈《しょうしんげ》』をやさしい現代日本語で読みました。

それから私のオリジナル曲「まわれすべての命をのせて」をギターで弾き語りしました。

まわれ　まわれ　すべての命をのせて
そのまま光に溶け込んでいけ

歌い終えると皆で合掌し、「これで完全に永遠の今ここの光に還りました」と私は言いました。皆、うなずいていました。

「永遠の光か」と叔母がつぶやきました。

「やっちゃん。私のときもそうやってあんたが見送ってえな。よう知らんお坊さんより、ずっとええわ」

親子の業を解き放つ

初めから聞かされていたとおり、火葬場に集まった人々の棺を前にしての時間はごくわずかです。

霊安室お別れ会に集まれなかった親族でこの日にだけ来られた人もいましたが、棺に向かって合掌するのが精一杯でした。棺桶は火葬のための炉に吸い込まれていき、重い鉄の扉が閉められました。

その扉に閂《かんぬき》がかけられ、お別れは終了です。私たちが選んだ0葬は一切お骨を拾いませんから、「焼き上がり」の時間に火葬場に戻ってくる必要はありません。

もっとも、この「一切お骨を拾わない」という遺族の意向を受け入れることをまだ拒否している自治体もあると聞きました。

幸い私たちの居住していた市では、遺族がお骨を受け取らないことを認めていました。お骨の一部は自動的に某所にある「全国供養塔」に無料で納められるという説明を受け、その供養塔のチラシを一枚だけ火葬場で手渡されました。

私はそれを皆に説明しましたが、誰もメモしていませんでした。いつでもどこでも、今いるこの場から、時間と空間に遍在している存在に語りかければいい。私がそう言ったことの方を採用したのでしょうか。

私たちは火葬場近くのレストランに集まり、歓談し、そのまま解散しました。


これらのすべての過程で私は一滴の涙もこぼしませんでした。お別れ会の一切を取り仕切る緊張が抜けなかったためでしょうか。それとも私はどこか冷徹なところのある人間なのでしょうか。結局、母の死と見送りは私にとって何だったのでしょうか。

幼い頃は自分の母が自分より先に死んでしまうということはとても怖ろしいことでした。それはとても信じられないようなこと。世界の終わりが来るのと同じぐらい、受け入れがたいことだったような気がします。

しかし、自分自身の死と蘇《よみがえ》りを経た今、母の死には世界が瓦解《がかい》していく恐ろしさや愛しいものが失われる耐え難い悲しみはありませんでした。

無限に展開していくプロセスの中で音楽のひとつの小節が終わった節目のようなもの。そのように感じられていたような気がします。

しかし、その約一か月後のことでした。

私は自宅近くのコーヒーショップで、熱いコーヒーに舌鼓を打ちながら、韓国のコミック本『沸点』を読んでいました。

一九八〇年代、私が初めて韓国を訪れたとき、かの地はまだ軍事政権でした。ソウルの大きな書店の日本語本のコーナーでひとりの学生が、私に日本語で話しかけてきました。自己紹介をしあい、立ち話をして打ち解けてくると、彼は私を近くの喫茶店に誘いました。

彼は「私は日本語を勉強している。日本に留学してジャーナリズムを勉強して新聞記者になりたい。韓国の民主化のための仕事をしたいんだ」と語りました。

彼との出会いはあのときの短い韓国旅行の大切な思い出のひとつです。

韓国ではそれからも民主化に向けて様々な運動がおこなわれ、関与した人は逮捕されたり、拷問死したりし続けました。いつしか彼も音信不通になり、その後どうしているのかは、知りません。

そのような軍事政権による激しい弾圧が人々の怒りと連帯を「沸点」に導き、

一九八七年の大規模な民主化闘争に至ります。韓国の民主化のその過程を描いたものが、私がこのときコーヒーショップで読んでいた漫画でした。

私は今の日本の政治を憂い、韓国の民主化の過程にむしろ今の日本が学ぶべきところがあると考えていたため、この漫画に興味を持ち、ひもといていたのです。

漫画の中、民主化デモに参加したために逮捕された青年に、母親が面接に来るシーンがありました。留置場に面接に来た母親は「ひもじくないか」「寒くないか」と息子の身を案じ、「反省文を書けばすぐに出られる。早く書け」と言います。青年は「悪いことをしてないのに何の反省文を書くのか」と聞き返します。母親はデモは悪いことだと言います。

「母さんはいつも世のため、人のためになれって言ってたろ。その通りにしてるんじゃないか」

「一生懸命勉強して、弱い人のことも考えるようにって言ったんだ！　デモするようになんて言ってねえ！」

「ぼくがしたのはそういうことさ。イエス様でもそうするよ」

すると母親はしばし言葉を失い沈黙してしまいます。

しかし、思い直したように「早く反省文を書け」と言って、留置場を後にします。しかし、それを契機に他の出会いや関係の中で、母親自身が何が本当に大切かに目覚めていくのです。

このくだりを読んでいたとき、突然私の脳裡にひとつのシーンが蘇ってきました。幼い私が布団に入って寝ようとしているとき、母が私の顔を見ながら言ったのです。

「あんたが学生運動をするようになったら、どうしようかなと思うわ」

一九六〇年代のそのころ、テレビでは連日のようにベトナム戦争や日米安保に反対する学生運動の様子が映され、大学生が勉強もせずに政治活動にかまけているという批判的な風潮も一部にはありました。

幼い私にはまだよくわからないことも多かったのですが、以前にヒッピーについての話を聞いたときと同じように、学生たちは本当の意味でよいことをしているのだという想いが心のどこかにありました。私はどうしてそのように考える子どもとして育ったのでしょうか。

このとき、母はしばらく私の顔をいとおしそうに眺めたあと、最後にこう言いました。

「そやけど、正しいことをしているのを止めるわけにはいかへんな」

母はそう言うと「おやすみ」と言って、雑用を片付けに寝室を去っていきました。

その母を喪って一か月、コーヒーショップで韓国の民主化についての漫画を読んでいた私はこのときの母の言葉や表情を、突然、ありありと思い出しました。

「お母さん…」

母が死んでから一度も心からそう呼びかけたことはありませんでした。それほど深い場所から私は母を呼びました。

あたりを見回すと、そこかしこに母の気配を感じました。あの人の気配の残り香のようなものが、まだ辺りに漂っているかのように感じました。

突然、私の両の目から涙があふれだしました。母が亡くなったときも、棺の中の顔に語りかけたときも、骨をひとかけらも拾わずに火葬場を去ったときにも、流れなかった涙が、そのときばかりは、「今こそ、そのときだ」とばかり、止まりませんでした。

「お母さん。僕はあなたの息子だ」

漫画のページが涙で霞んで見えません。涙は後から後から流れ出し、止まりませんでした。コーヒーショップの片隅で、私は店員や他の客に気づかれないように声を押し殺しながら、およそ三十分もの間、泣き続けたのです。

するとそこかしこに漂っていた母の気配が、ふっと緩んで、母が笑ったように感じました。そしてあの臨死体験のときの私のように、母が無数の光る蝶になって、空に解き放たれていったように感じました。

初七日とか、四十九日とか、そのような仏教の法事の習慣について、私は何の重きも置いていません。そのように伝承される区切りをもって儀式をおこなったところで、何が起こるわけでもないと思っています。

しかし、死の直後ではなく、このときに初めて、母が本当の意味で私の心から解き放たれて、「これでやっと宇宙に還れる」とつぶやいたような気がしたのは、私ひとりにとっての紛れもない真実でした。

「ありがとう。さようなら」

それは死の直後の儀式で起こるとは限らない何かです。

もつれ合った親子の魂の糸がほぐれていきます。

私は、思ったことを思ったままに言う母に傷つきもし、学びもしてきました。その私は今の今まで実は母をこの世に縛り付けたままだったのかもしれません。
母は今、そんな私の愛からも憎しみからも自由になって、永遠の今ここの光に還っていったのです。

（終）

【対談】

この世界に生まれたミッションを生ききる

島薗進（宗教学者）×長澤靖浩

無常ということ

長澤　私が島薗先生に初めてお目にかかったのは一九九九年のことで、ある研究会に応募した論文の審査会場でした。『螺旋《らせん》』と題した私の論文が推奨論文に選ばれたのですが、審査員のおひとりだった島薗先生が、「この発想はいいね」と推してくださったと、あとから聞きました。

島薗　そうでしたか。その論文は本になったのですね。いつでしたかね？

長澤　二〇〇四年に『魂の螺旋ダンス』（第三書館）として上梓させていただきました。島薗先生とはここ数年、生命倫理に関する研究会などで、オンラインでお会いするようになりました。他にもツイッターを通して、島薗先生が原発事故後の放射能のことをはじめ、様々な社会的な事柄に関しても活発に発言しておられる様子を拝見していました。島薗先生が宗教学者としてそのような広範囲の課題に取り組んでおられることに瞠目《どうもく》しています。その根底に持っておられる「一人一人の命を大事にする」という立場が、私のこのたびの著書のテーマと重なることを感じて対談をお願いしました。

島薗　『十三分間、死んで戻ってきました』は、ユニークな、ちょっと他に類のない本じゃないかなと思っています。良い作品を読ませていただきました。

長澤　ありがとうございます。島薗先生の近著『死生観を問う　万葉集から金子みすゞへ』（朝日選書）を読ませていただきました。宗教学の本として経典からの引用がいっぱいあるのかなと思ったら、むしろ文芸からの引用の多いことに感銘を受けました。その中で語られている「無常」ということを考える中で、ちょっと思い出した話がひとつありまして。

　私は一九九四年から三年間、米国に日本人学校の教員として赴任したのですが、その出発直前に祖母が脳梗塞で倒れました。で、私が最後に病院にお見舞いに行ったときに、祖母は人工呼吸器を装着していて、ほとんど話せない状態で一所懸命、指を一本立てて、何かを私に聞いていたんですね。私はよくわからなくて、その指を握りしめて、「大丈夫だよ。またね」としか言えなかったんです。それが、米国へ渡航する飛行機が、もう日本のこの大地を離陸していくときに、突然ハッと気づいたんです。あの一本の人差し指は、出発までにもう一回見舞いに来るのか、今日が最後かと、祖母が必死で聞いていたんだと。母親が共働きだったもので、ほとんど祖母に育てられたような幼少期でして、その祖母の必死の問いかけに孫の私は気づかなかったんです。祖母はもう自分でも私の帰国までの三年間命はもたないと覚悟していたのですね。私はその考えを頭から追い出して、「またね」と言っていた。祖母の訃報が米国に届いたのはその数か月後です。

考えてみると、どの人との死別の際にも、私の最後の言葉は「またね」だったなあということに思いいたりました。しかし、無常ということを直視したら、「また」っていうのはむしろ絶対にないんですよね。そのまま死別してしまう場合に限らず、まったく同じ瞬間は二度とないわけです。裏を返せば、この二度とない瞬間がどれほど貴重なものかということでもある。この二つのことが、無常という言葉には裏表になっていると思います。

先生の本では死別の深い悲しみに対するグリーフケアの必要性なども含めて、特に無常ということを考究しておられますね。

島薗 「日本人は無常ということが好きだけれど、哲学的な深さがない」というのは唐木順三の議論ですが、そうなのかなと思う反面、むしろそういう情感を重んじるのは人類共通のものなのではないかと思うようにもなってきています。ですので、最近は童謡など、身近で表現されている無常観に関心を持っています。たとえば「シャボン玉」という童謡がありますね。野口雨情が作った歌ですが、シャボン玉が壊れて消えたというのは、命の儚《はかな》さを歌っている。自分の子どもを失くしたことがきっかけになっていると伝えられています。そういう情感が基礎にあって、日本人にとっての無常観には、深さということよりも、むしろ幅広さがあるのではないかと…。

こうした無常観が、死別しても「また会える」という思いにつながります。最近は「倶会《くえ》

一緒に《とも》
一処《いっしょ》」という言葉がよくお墓に刻まれるそうですね。これは阿弥陀経にある言葉で、「倶に一つの処で会う」、浄土で菩薩たちと一緒になれるという意味ですが、多くの人は「死別した親しい人とまた会える」と受け取っています。私は、自分の家族が亡くなったときにはそういうことを言えなかったのですが、『死生観を問う』を書いて、そういうふうに受け取ろうと思うようになってきました。

長澤　「倶会一処」という言葉に関しては、日本人の多くが、個的な魂が残って、その個的な魂同士がまた会えるという意味にとっているかもしれません。その方が慰めとしては、直接響くでしょう。でも、私自身の解釈では、不二《ふに》の光、二つに分かれない光にすべてが溶けるから、「もう一度ひとつになる」というのが、究極的な意味ではないかなと思っています。

島薗　日本の文学で言うと、宮沢賢治の場合は『よだかの星』とか『なめとこ山の熊』みたいに、宇宙のもとに還るというようなヴィジョンがあります。長澤さんの著書の中でいわれている、宇宙に溶けこんでいくみたいな感じと近いのかもしれません。

長澤　無数の光る蝶が宇宙全体に広がって、光そのものになるイメージですね。

島薗　「魂のふるさと」というふうに『死生観を問う』の中では書いています。

長澤　そうですね。この言葉をキーワードの一つとして多く使われていることに共感を覚えました。「魂のふるさと」という言葉は、私も詩や歌の中でよく使っています。『十三分間、死んで戻ってきました』に描写した臨死体験の世界も、みんなそこから来てそこへ還るんだよという「魂のふるさと」としての意味合いが強いという実感を持って書きました。

この世に生を受けたミッション

島薗 お母さんが亡くなったときも、それに近いような感覚を持たれたと書いていましたね。この本のラストシーンのお母さんとのお別れのところはとても心に残りました。

長澤 母が亡くなったときは、いわゆる「0葬」と言いますか、自分たちだけでお見送りの会をやったのですが、そのときは母の魂はまだそのあたりに存在しているような感じでした。これは母が成仏していなかったというような説明の当てはまることではなくて、私の側でまだ消化しきっていない部分があったということです。私の心がまだ母とのカルマを清算しきれていなかったということだと思うのです。

けれども、一か月ほどしてから、母の魂が最終的に私から解放されていくのが感じられました。そのときに、私が母を「ありがとう」という気持ちと一緒に手放したというか、母が宇宙全体に解き放たれたような感じがした、そういう出来事がありました。

島薗　私は父が亡くなったとき五十歳ぐらいで、初めての親しい者との死別でした。まだもっと長生きできるはずと思っていましたような父で、そしてまだ現役だったので大きなお葬式になりました。それで非常に緊張したせいもあって、法要の後みんなで食事しているときに、わんわん泣き出しちゃったんですよ。

母親との別れのときはそういうことがなくて、母との間には何か解きほぐれないものがあると感じています。それはすごく大きいなということを思い出しました。私は、母親を裏切ったんですね。母は子どもが医者になることを生きがいにしていて、私が大学の医学部に入ったときには、もう本当に大喜びしました。それを私は、二年ぐらい後に、まったく相談もせずに文学部に変わったんですね。それを伝えたときの母親の悲しみというか、怒りというか、これはもうものすごく深いものがありました。半年ぐらい話もしませんでしたよ。

長澤　半年もお母さんと言葉も交わさなかったのですか。

島薗　保守的な母親だったので、そのしがらみみたいなものを切るのに、ものすごく苦労しました。その中でそういうことがあったっていうことなんです。この本で長澤さんが書いているような、何か私と母の間の深いレベルで心が通うみたいなことを経験として持ちたいなというふうに思いました。

長澤　私の母の中には二面性があって、「社会に適応するためには勉強しなさい」と言う抑圧的な面と同時に、「本当に正しいと信じることをやりなさい」とも言う。そういう両面を受けて私は育ってきたと思いますね。それが最後の最後になって、「正しいと信じることをやりなさい」という面が自分を作っている、ということをすごく感じたのです。

島薗　先日、ヴィクトール・フランクルを研究している方々とお話をしていたのですが、フランクルは収容所に入ってもう何もできない状況になっても、それでも自分が生きている意味を見つけることができると考えていた。何者かから実は意味を託されていると思うと、自分の「ミッション」が見えてくるというのがフランクル的な考え方だという話を聞きました。

自分のミッションということを考えるとき、それは親との関係の中で見えてくるということもあるのかなという気がしています。私は父母に大事に育てられたのですが、それを窮屈に感じて殻を破るということがあって、それと時代精神がからみ合って二十歳ぐらいでミッションを垣間見たように感じています。

これからの見送りのかたち

島薗　ところで、お母さんが亡くなったときのお見送りの会というのは、長澤さん自身が現代の日本語に直した『般若心経《はんにゃしんぎょう》』と『正信偈《しょうしんげ》』を読んだり、ご自分の歌も歌われたと書いてありましたね。

長澤　ひとりひとりが自分の言葉で母の遺体に語りかけることもしました。

島薗　それは、もうお葬式じゃないですか。「0葬」というよりも、新しいタイプのお葬式と言ってもいいのかなと思いますが。

長澤　「0葬」という言葉を私は、お骨を拾わない、埋葬しない、僧侶は呼ばないという意味合いで使っています。お墓を作らないということでいえば、私には先祖供養は間違いだという考えがあります。実際には私の両親には、それぞれの両親がいるから、祖先は一世代遡るごとに累乗化していき、何世代か遡《さかのぼ》るうちにものすごい数になります。ですから、そこにたとえば男系の跡継ぎを通っていくような線を一本引いて先祖代々と呼び、その墓などを作るのは誤りだという思いです。家制度という奇妙な文化の中心には天皇制があります。無数の先祖が多くの命を食べることにより命をつないできたのだから、実際には私の命は全生命の網の目の中にあるとしか言えないものです。

ただ、亡くなった方とのお別れにおいて、どう見送るかということは大事なことだと思います。「0葬」という発想に私は基本的に賛同しているんですけど、同時に心と魂の問題は抜け落ちてはならないと思っています。

島薗　「0葬」に賛同なさっているというのは、たとえば普通のお墓じゃなくて、海とか、広い場所に埋葬する自然葬とか樹木葬とかそういうものも、あまり賛成できないっていうことですか。

長澤　それはもう選択の問題だと思いますね。

島薗　親鸞《しんらん》聖人も「遺体は賀茂川に流してくれ」と。

長澤　「魚に与うべし」と。

島薗　インドに行けば火葬にして河に流しますしね。

長澤　はい、私もヴァラナシーのガンジス川のほとりで目にしました。

島薗　もしかすると、今後は自然葬や0葬などの方向へ大きく舵を切っていくというのはあると思うんですが、ただ、その区切り目にお別れをする儀式そのものがなくなってしまうということにはならないんじゃないかなという気がします。私は一応浄土宗の檀家で、お線香をあげる、南無阿弥陀仏と唱えると気持ちが楽になる、それがないと寂しいというふうな感覚もあります。既存のものにも意味がある。みんなと一緒に形のあるものに従っているのが楽だという面がある。そういうものを提供してくれるというのが宗教の一つの在り方ですね。もちろん、形が抑圧になってくるというようなことがしばしば起こる。長澤さんは、六年間も仏教学を学んだわけだから、そういう組織に関わる嫌な面を見られたのかなと思いますが。

長澤　葬式仏教を執りおこなっている檀家制度は、江戸時代のキリシタン弾圧から始まった支配のシステムですよね。宗門の大学に学んだがゆえに、身近にたくさんの僧侶の友人がいました。彼らの中にも疑問や、批判を持っている者は少なくないんですけども、世襲というシステムに結局は巻き込まれていく。私は寺族ではない立場で、志を持って親鸞に直接学びたいと思った同年代の友人として、それを間近に見ていました。いずれにしろ、葬式仏教的なものは、世の風潮としても、廃れていく方向にあるのはまず間違いないと考えています。しかし、魂や心の問題は残ると思います。ある意味でのお見送り、これは別の形で探られていくものではないかなというふうに思っています。

親鸞とバグワン・シュリ・ラジニーシから学んだこと

島薗　長澤さんは、十代から仏教学を学びはじめ、親鸞教学も相当に勉強なさった。一方で、瞑想をしながら真宗の教えを体得していくというような時期があったようで、長澤さんの仏教理解というのは、実はそういう日本の浄土真宗的なものと、インドに始まる仏教に全体としてある瞑想の世界というものを両方とも学んできたなかで深められていった。その延長上に臨死体験のとらえ方もあるのかなというふうに思うんですが、いかがですか？

長澤　はい、瞑想という行法と真宗の他力の信心の話の関わりの中に生きてきましたね。もともと思春期に偶然の恵みのように、自分と宇宙はひとつなんだという感覚に包まれる体験をしました。のちに、古今東西でこのような経験をされている方々がいて、それを人々は宗教的経験とか神秘体験と呼んでいると知りました。それで、またそういう宗教的体験をしたくて、行法や瞑想の真似事を始めたんです。けれども自己流にそんなことに励んでいても、むしろ追い詰められていくようなことの方が多かったです。そうして、どん詰まりみたいな時期に出会ったのが、親鸞とバグワンということになるんですね。で、そのお二人に共通しているのは、「求めて得られるものではない」ということです。求めて求めて、自分の力でそこに行こうとするのは絶対不可能なんだということを思い知ったときに、知らず知らず限りない力に貫かれているということを言っている人たちだったんですよね。なので、私はそこで、いわゆる「他力」というものに出会ったと言うことができると思います。「他力」の世界と瞑想するという世界がそこでつながっていきました。

島薗　そうすると、親鸞とバグワンが共存しているような世界。これはちょっと珍しいと思うんですがね。親鸞派はたくさんいるし、バグワン派もたくさんいますが、それを「他力」というところで共通性があるというふうにとらえられるのは。

長澤　バグワンは自力的なものの言い方をするときと他力的なものの言い方をするときがあります。が、自力的な語り方をしているときも、自我の幻想性に気づくことを大事にしている。その気づきは、普通の意味での「自分」ではないんですね。「自分」というものを見つめている観照性そのものです。自他不二の覚醒。ある意味、それはもう「他力」なんですね。ただ彼はある時期、他力を強調するときに、「私が宇宙の扉だから私にサレンダーしなさい」と言ってしまうのがちょっと危ないところだったかなというふうに思います。

島薗　実際、ラジニーシのグループはちょっとカルト的な危ないことに陥った時期がありましたしね。

その後長澤さんは臨死体験で一皮むけたというか、大きく展開したということですが、でもその前からすでに悟りに近い経験はしてたんじゃないかなという気がするんです。そのあたりはいかがですか？

長澤　臨死体験以前の話では、あるときインドで深い瞑想に入った際に、もうこれでいい、これで私の求道は終わったと思った瞬間がありました。その後、心に涼しい風が吹いてきて、少し寂しい気もした。で、その翌朝に、突然、あ、そうだ、子どもを作ろうと思ったんですよ。すると、なんか深い歓びが腹の底から湧いてくるような感じがした。自分が道を求めて求めて、一定の何か折り返し点に着いた。そのとき初めて、子どもを作ってエネルギーをこの世に送り返そうみたいな発想に転換した。それから日本に帰ってすぐ、帰国を待っていた妻との間に子どもが生まれました。それはある意味、往相から還相の折り返し点のひとつだったと思っています。

そのうえで臨死体験は深い瞑想で垣間見たものの究極の姿だったと思います。ただ、それは、人生の目的かというと、そうではなくて、やはり折り返し点という言葉の方がふさわしいと思っているんですね。そこまで行って初めて、生きることこそ奇跡なんだとすごくはっきりした。臨死体験は本当に深い安らぎの世界だけれども、今ここにこうして生きている一瞬一瞬の喜怒哀楽は、あそこに行ったら「無い」。人と触れ合うことも話しかけることも話を聞いてあげることもできない世界なんです。今生きている一瞬一瞬を本当に大事にしようと思うようになった折り返し点。その意味が強いという思いです。

世の中に臨死体験の本がたくさん存在して、こんな体験をしたとか、こんなものを見たとか、それはその人が想起する中で出てきた大切なヴィジョンだと思うんです。ただ、私にとっては生きている一瞬一瞬、さっきの最初の無常の話にもつながりますけど、二度とない今ここを生きてるんだということが、一番根底のところから身にしみる。そういう体験としての意味が最も大きかったと思うんですね。

宗教体験とアート表現はつながっている

島薗　しかし、そこでからだが不自由になった。そして、「ダンスバリアフリー」との出会いもそこから始まってくるわけですよね。

長澤　初めて見たとき、目の前でいろんな人が一緒くたになって踊っていて、そのステージ自体がもう、大げさに言うと「世界ってこれだ」と思いました。いろんな人がいろんな障碍に阻《はば》まれながらも今ここを生きていると。その世界を多様な人と一緒に踊り、表現していくこと。それが生きるということなのだと感じました。

島薗　長澤さんは、歌とか物語小説、詩とか俳句とか、こういうものに親しまれたのはいつ頃からなんですか？

長澤　小学校一年のときの先生が、冬休みの宿題を一人一人別に出すと言われて、一人ずつ前に呼ばれました。私は学校では、ほとんどしゃべらない子だったもんですから、先生に「お母さんとは話をするの？」と聞かれて「する」と言ったら、「じゃあ毎日話をしたことをお話帳に書いてきて。それがあなたの宿題だ」と言われたんです。すると、爆発したように、小学生用のマスのあるノート何冊も、お母さんと話すなどということと関係なしに思いついたことをあることないこと、もう宇宙の歴史などSF的なものとか、単なる空想も含めて十冊ぐらいかな、書いていったんです。先生は驚いて「おもしろいねえ。三月まで続けなさい」と言われて続けたんです。それが書くことの始まりですね。

島薗　すばらしい先生ですね。そういう言語化することへの親しみ、アート表現能力があって、障碍とか痛みといった、むしろ自分が閉ざされてしまいがちな世界にあっても、そこから開かれていくことになったのかなと思うんです。宗教体験とアート表現というのがつながっているようなところがあるんじゃないかなと。

長澤　そうですね。その際、私の場合には言葉というものがあったけれども、なかなか言葉の回路で自己表現ができていない人たちが、たとえば「さをり織り」の世界で急に才能が花開いたようにいいものを織るんですね。私は逆に言葉に走ってしまうので、真似できないような世界だなあと思うんです。さまざまな回路で、表現するっていうことはすごいことだと思うし、救いになることだと思います。自分の救いになるだけでなく、そしてそれを見た他の人にとっても救いになる。

島薗　アートが人を解放するんですね。螺旋が先へ進んでいくような。それを触媒というか助ける働きをするっていうか。

長澤　もう一つ表現ということで思うのは、宗教という形では、なにか偉い人の言葉を持ち歩くみたいな状態になると、それが教義化して固着することになりがちです。それは非常にまずい世界だなあと思う。それよりも、一回一回、一度限りのそのときの感じを表現ができたら、それに越したことはないという思いがあるんです。

島薗　その宗教に対するちょっと厳しい見方。ここはちょっと、もう少しやわらかくてもいいのかなと。

長澤　やっぱり自分の中にこれはやばいよと思った経験が残っているんでしょうね。ただ自分もやはりいろんな欠陥を持って、まあ人に言えないようなこともある人間です。それでも、いろんなことを通して気づいたことを書いているときには、それを本気で書いているし、それを表現できたなと思う瞬間もあるわけで。宗教、宗教家にだけあらゆる面で完全であることを求めるのもね、変かなという気持ちはちょっと出てきました。おじいさんになってきたのかな。

世界はポリフォニー

島薗　ここまでお話ししてきて、私のヴィジョンをひとことで言えば、「ポリフォニー」ですね。異質なものが共存して、不協和音も入っているんだけども、それでも全体として肯定する、世界全体を肯定するような見方といいますか、これはバフチンというロシアの思想家が唱えた概念です。

これは、今こそ人類に必要になっていることだと思います。イスラム教徒もキリスト教徒も仏教徒もいれば無宗教者もいて、スピリチュアリティの様々な探求があり、それぞれ深いものに至りうる。それぞれの中に、やっぱり行き詰まっているものも見出せる。それは個々人みんなにそういうところがある、というふうに見るなかで、今後の世界を展望するような世界観です。実は長澤さんのこの本はそういうところを見ているというふうにも言えるんじゃないかなと思っています。支援学級の教員をされていたことを背景に強く感じますね。

長澤　私が支援学級そのものを直接的に担任したのは、六年間ほどに限られているんですけど、普通学級にいるときにも障碍のある子たちが学級にいるので無縁なわけではないんです。それで、「統合教育」をすすめる運動に関わっていました。できるだけ障碍のある子を分離しないで、一緒に学習することを大事にする。同じ場を共有することによって生まれるものを大事にする。異質なものを分けるのではなくて、一緒にいることで互いに学ぶところ、気づくところがあるんです。

本文でも書きましたが、私がバグワンから決定的に離れたのは、バグワンが障碍を持って生まれた者について「みすみす不幸になるとわかっている新生児を永遠の眠りにつかせるのは悪いことではない」というような発言をしたことによってです。超越的で鳥瞰《ちょうかん》するような視点は、そういう生命を選別する考え方に結びつくと欠陥を露呈してくるのだと思います。

島薗 統合教育の話や、そのバグワンの言葉への違和感など、長澤さんの中には若いときから宗教の中にある大切なものへの直感というか、志というか、キリスト教なら人間の尊厳と言ったり愛と言ったりするんだけども、そういうものがあることも、この本から感じることです。

長澤 すべての命を切り捨てないという立場からは、参加させていただいている生命倫理の研究会も勉強になっています。島薗先生の「命の選別をしない」という視点も、私が先生と「ああ、共通したテーマだな」と思えたところです。コロナのときも人工呼吸器のトリアージの問題であるとか。ポリフォニーということは、どんな存在もそこに共にあるということ、そういう世界がいいんだ、選別して「これはいらない」なんて誰が決めるんだということですね。ともすると、弱い立場にある者が追い詰められる。経済優先社会では「生産性」が低いとか、むしろ社会に負担をかける「マイナス」だとか。だから、最も弱い立場に追い詰められている人の傍らにいることこそ、宗教のあり方なんだということ。宗教に社会的なミッションがあるという感覚。このあたりは島薗先生と非常に問題意識が共通しているんではないかなと勝手に思わせていただいているんです。

島薗　私が医学の道から宗教学に移ったのは、東大の医学部紛争によります。これが東大闘争の発端になっています。それとベトナム戦争の時期が重なっていました。医学部の中でも元になったのは精神科の問題です。当時は、患者さんを閉じ込めて薬で治したり、電気ショックを加えたりというような治療があたりまえの時代でしたが、東大の精医連（東大精神科医師連合）の人たちが患者さんの立場を重視することを訴え「赤レンガ」というところに開放病棟を作りました。最近で言うと、対話によって回復に導くオープンダイアローグとか、ベテルの家もそうですが、患者さん自身のそれぞれの生き方を認めていくというような方向へ歩みだそうとする若手医師や学生たちを大学側が押さえつけたわけです。当時私が下宿していたのは伯父の家で、伯父は前の東大医学部長でした。そういう中で、大学の権威主義みたいなものに逆らって、ベトナム戦争を含めて、ないがしろにされている命に目を向けた。これが私にとっては原点みたいになっています。そこは、いろいろな方向へぐらぐらしながらも、実は一本線が通ってるのかなと思っています。自分の志みたいなものの中にあって、まあ、うまく社会適応しながらも、そこだけは貫こうとしているというところを長澤さんが見てくれてるのかなというふうに思います。

で、まあ医学部にそうやって抗《あらが》ってきただけに責任もありますね。テクノロジーが反生命へ向かっていくことに対して、何か言えるのは自分の立場だなという自覚があります。原発の問題にしても、ゲノム編集問題にしても。そういうところに私が居場所を見つけられるように、導いてくれた人もときどきいるという気もします。医療に近いところにいて、そういう観点が必要だと思っている人がときどきいて、そういう人が私にそういう場所に道をつけてくれた。それは偉い人もいるし、普通の人もいるし、むしろ患者さんや障碍者という立場の人にも。そういう関係はすごく私にとっては大事なつながりだと思っています。だから今回の対談も私にとってその一環でもあるわけです。

長澤　この機会に、こうしてお話できてよかったと改めてしみじみ感じます。様々な視点が縒《よ》り合されていく「螺旋運動」がこの対談でもいくつも起こったというふうに思います。今日は本当にありがとうございました。

（２０２４年10月24日）

生きているということは　――あとがきにかえて

臨終
息を引きとる

心の遥《はる》か奥のほう
時間と空間の始まる前
やすらぎと覚醒が
ひたひたと　さざ波をうつ
永遠の今ここ

蘇生
息を吹き返す

遥か彼方
光の速さで広がる宇宙の隅々まで
息が広がっていく

耳をすませば
あどけなく笑っている子ども
はしゃぎまわる犬
私の傷つけた女の慟哭《どうこく》
爆弾が炸裂《さくれつ》し 人の体が飛び散る

けれども　ああ　ここに還ってきてよかった
だってほら　落ち込んでいる人がいたら
背中にそっと手を置くことができる

生きているということは

愛を伝えられるということ
心から笑いあえること
この世界に
ほんの短い逗留《とうりゅう》をしている間だけ……

もうすぐあなたたちにも
二度と会えなくなる

生きている今を
憎しみを伝えるために
殺し合うために費やすなんて
なんというもったいない命の削り方

（即興詩　２０２５年1月19日　アミーンズ・オーブン「詩の民主花」にて）

■著者

長澤 靖浩（ながさわ やすひろ）

1960年大阪府生まれ。大谷大学大学院修士課程（仏教学）修了。

1985年より大阪府公立学校教諭、1994年から3年間米国サンディエゴの日本人学校教諭、のち大阪府に復帰。

2013年、心室細動による13分間の心肺停止、10日間の昏睡ののちに意識と自発呼吸を回復。この時の臨死体験によって生と死への洞察を深めた。身体障碍などの後遺症のため、2015年教員を退職。

以降、文筆と音楽を主とした表現活動に専念。

著書に『魂の螺旋ダンス　はるかなる今ここへ』（第三書館）、『ええぞ、カルロス』（大阪市教育委員会）、『蝶を放つ』（鶴書院）、『超簡単訳　歎異抄・般若心経』『浄土真宗の法事が十倍楽しくなる本』（以上、銀河書籍）他。

■対談者

島薗 進（しまぞの すすむ）

1948年東京都生まれ。宗教学者。東京大学名誉教授。上智大学グリーフケア研究所客員所員。大正大学客員教授。龍谷大学客員教授。

著書に『死生観を問う 万葉集から金子みすゞへ』（朝日選書）、『日本仏教の社会倫理 正法を生きる』（岩波書店）、『精神世界のゆくえ』（法蔵館文庫）、『増補改訂版 つくられた放射線「安全」論』（専修大学出版局）、『いのちを“つくって”もいいですか？ 生命科学のジレンマを考える哲学講義』（NHK出版）他多数。

十三分間、死んで戻ってきました

臨死体験と生きることの奇跡

2025年4月25日　初版発行

著　者　長澤靖浩　
発行者　植松明子
発行所　株式会社 地湧《ちゆう》社
東京都台東区谷中7-5-16-11（〒110-0001）
電話　03-5842-1262　FAX　03-5842-1263
URL　http://www.jiyusha.co.jp/
装　幀　中山銀士＋金子暁仁
組　版　キヅキブックス
印刷・製本　モリモト印刷

ISBN978-4-88503-269-1　C0095

〔新版〕たった一つの命だから

ワンライフプロジェクト編

「たった一つの命だから」この言葉のあとに、あなたなら何と続けますか？ 九州の小さな町で始まった呼びかけが全国に広がって十七年。見知らぬ心と心が響き合って生まれたメッセージ集。

四六判並製

お父さん、気づいたね！

声を失くしたダウン症の息子から教わったこと

田中伸一著

ダウン症に生まれ、生後2か月で気道がふさがり、声が出せなくなった息子。命の危機を乗り越え、あるがままに生きる息子との日々をとおして父が教わったのは「どんな出来事からも幸せを感じる力」だった。

四六判並製

生きられますから大丈夫ですよ

伊田みゆき著

脳性麻痺、身体障がい者一種一級。でも、自分の人生は自分で切り開く！ 同じ障がいを持つ男性と結婚、出産。生きることは、これほど明るくて壮絶で泥だらけ。そして美しい。みゆき流「わがまま」伝えます。

四六判上製

いのちは即興だ

近藤等則著

世界中の大自然の中でトランペットを即興演奏し、地球との共振・共鳴感覚を体験してきた著者が、自らの半生と共に人生観・音楽観を語る。社会の枠に縛られず自由に生きたいと願うすべての人に贈る。

四六判上製

仏教は世界を救うか

〔仏・法・僧〕の過去／現在／未来を問う

井上ウィマラ／藤田一照／西川隆範／鎌田東二著

仏教を足がかりに、それぞれに独自の活躍の場を築きあげてきた4人の講師が現場体験を語り合いながら、仏教の可能性を探る。「仏とは誰か?」「仏法は真理か?」「仏教は社会に有用か?」の3部構成。

四六判上製